肉食御曹司の独占愛で
極甘懐妊しそうです

プロローグ　一つだけの願い事

外資系ホテルの高階層にあるバーからは、煌《きら》めく夜景が見渡せる。

甘いカクテルでほろ酔いになった私——吉岡《よしおか》さやかは、ほうと息をついた。

臙脂《えんじ》色のソファの隣には、上司の久我凌河《くがりょうが》さんがロックグラスを傾けていた。

仕事ができて、しかもイケメンの久我部長は、社長の息子——つまり御曹司でもある。仕事に厳しいところはあるけれど、いつも丁寧にフォローしてくれる。

でも、仮に久我部長に言い寄られたとしても、恋はしない。

私はとある理由で、恋愛と結婚への願望が抜け落ちているから。

だけど、残りの願い——出産と子育てだけはどうしても叶えたかった。

夜景に目を細めていた私に、久我部長が囁《ささや》く。

「吉岡さんはとても仕事を頑張っているよね。そういう一生懸命な姿に惹かれたんだ」

「……仕事ですから、懸命にこなすのは当然です」

少し酔った私は、ふわふわしながら返事をする。

久我部長は妖艶《ようえん》な雰囲気をまとい、私を見つめた。

「ご褒美に、一つだけ願い事を叶えてあげよう」

彼の魅力的な言葉が、脳内に染み込んでいく。

一つだけ……一つだけなら、なんでも叶えてくれるの？

だとしたら、どうしても欲しいものがある。

今の私が一人でどんなに頑張っても、得られないもの。

久我部長を見ると、私たちの距離はとても近づいていて、キスできそうなほどだった。

切れ長の双眸《そうぼう》が、私を覗き込む。

——まるで心の奥まで見透かされそう。

息を吸い込んだ私は切なる願いを口にした。

「私に、あなたとの子どもをください！」

一、肉食御曹司の甘い恋の罠

給湯室に行こうとした私は、女性社員たちの華やかな声を耳にして、ぎくりと肩を強張らせる。

……まさか、あのことじゃないよね？

誰かの彼氏自慢でありますように、と祈りながら給湯室のドアを開けると、数名の女性が雑談に花を咲かせていた。私はさりげなくその脇をすり抜ける。

コーヒーをマグカップに注ごうとしたところで、同期の女性が、くるりとこちらを向いた。

「吉岡さんはどう？　今度の合コンに参加しない？」

軽い調子で告げられたそれに、思わず頬を引きつらせる。

彼女たちが話していたのは、私がもっとも遠ざけたい合コンのことであった。

たまにこうして合コンの誘いをいただくのだが、あいにく一度も参加したことがない。

「そういうのにはあまり興味がなくて……」

ぎこちなく笑みを浮かべて、私はやんわりと断りを入れる。

すると、輪の中の一人が小首を傾げた。

「吉岡さん、もし彼氏がいても気にしなくていいと思うわよ？　黙ってればいいんだし」

「いえいえ、彼氏なんていませんよ」

今まで生きてきた二十六年間、一度も恋人はできたことがない。しかも処女である。

それならば、なおさら合コンでも行って相手を探すべきなのかもしれないが、とあるトラウマにより、恋愛と結婚に対する願望が抜け落ちている。それどころか男性との恋愛に不信感すらある。

ただ会社ではそのことは誰にも話していないので、周囲は私を合コンに誘ってくれたりするのだ。

そのとき、同僚の村木《むらき》さんが華やかな巻き毛を掻き上げ、楽しそうに言う。

「よしなさいよ。吉岡さんはきっとすごいハイスペックのイケメンと付き合ってるから、合コンに来る男なんて目に入らないのよ」

村木さんの言葉のあと、あはは、と悪意まみれの笑いが起こった。

私も一緒になって、あはは……と乾いた笑いを零《こぼ》す。

美人ではない凡庸な私がハイスペックなイケメンと付き合えるわけがない、とわかっているからこそ、彼女たちは笑いものにしたのだ。

だからと言って「いつかすごいイケメンをゲットしてやるんだからね！」などと奮起することはない。なにしろ恋愛への不信感でいっぱいなので。

「あ、あはは……それでは……」

引きつった笑みを顔面に貼りつけたまま、私は手早くコーヒーを注いで給湯室を脱出した。

デスクに戻り湯気の立ち上るマグカップを置いた私は、仕事を再開して目の前の作業に集中する。

大手食品メーカーの商品企画部で働く、入社四年目の私は、シーズン毎の市場の動向や流行など様々な情報を分析して、新商品の企画やプレゼンを行《おこな》い、新しい食品を市場に生み出すのが主な仕事だ。

そのほかにも、販売促進や宣伝方法などの販売戦略も平行して考えなければならない。

クリエイティブで華やかな仕事と思われがちだが、市場調査や地道な企画立案など、地味な努力を積み重ねるのが実態だ。

私は大学を卒業して、この業界に就職した。忙しい業界ではあるが、自分が企画に関わった商品がコンビニで売られているのを見たときは感激もひとしおである。

今日も競合他社の動向についてネットで調べていると、フロアの向こうから低い声で呼ばれた。

「吉岡さん。ちょっと、いいかな」

「はい、なんでしょう。久我部長」

すぐに立ち上がり、部長の席へ足を向ける。

久我部長は半年前に昇進して、元いた地方の会社から、私が勤めている本社に勤務することになったエリートだ。

二十九歳という若さで部長という役職に就いたのは、我が社の御曹司であることも加味されているだろう。

初めこそ冷徹そうな部長に反発の声もあったけれど、仕事ができる上にリーダーシップもとれ、しかも次々と企画を会議で通しては新商品を市場に送り出す頼もしい姿に、社員たちは憧憬を込めて彼を見るようになった。

なにより、部長はイケメンなのである。

くっきりとした二重を描いた双眸《そうぼう》は切れ上がった眦《まなじり》が美麗で、すっと通った高い鼻梁、そして唇はやや薄くて形良く整っている。

高身長で肩幅が広く、腰が細い。すらりとした足はモデル並みに長かった。

そんな神が造形したかのような体躯を上質なスーツに包めば、美貌と貫禄が同居する神々しさが滲《にじ》み出る。

その上、紳士的で、仕草に気品が満ち溢《あふ》れていた。

しかも低くて甘い美声である。女性社員は用もないのに話しかけては「用がないなら話しかけないでくれたまえ」と、部長の低い声音を聞き喜んでいる。

独身で恋人もいないらしい……と給湯室では部長の話題でよく盛り上がっており、女性社員たちは虎視眈々《こしたんたん》と彼を射止めようと狙っているのだとか。

私はそれらの話にはいっさい関わらないので、右から左に聞き流していたけれど。

私にとって部長は、単に上司でしかない。

上司として仕事の手腕に憧れはするけれど、別に恋愛としての憧れなんか……持ってはいない。

だって恋愛不信なんだから。

そんな私の心中など知らない部長は、デスクを挟んだ向かいにいる私に数枚の書類を差し出した。

「この企画書なんだが、もう少し練ってほしい」

「承知しました。具体的にはどの点を変更しましょうか？」

そう訊《たず》ねると、部長が綺麗な長い指で、すっと私を手招く。これは隣に来いという合図だ。

書類をこちらに向けてくれれば済むのだが、どうやら同じ位置から説明したいらしい。

仕方ないので私はデスクを回り込み、部長の隣に移動した。

もちろん必要以上には近づかず、一定の距離を取る。

「ここなんだが、詰めが甘い。この説明ではどの顧客に向けての商品なのかがわかりにくい」

「なるほど……言われてみれば、その通りです」

ところが、部長は書類を自身のほうに向けていた。距離をとっていることもあり、企画書の指摘箇所が見づらい。私は首を伸ばして、なんとか部長が指し示しているところを見ようとする。

「それから、ネーミングも。吉岡さんにしては安直だと思う」

「そうですか……」

会話をするにつれ、書類がさらに私から遠ざかってしまう。私は懸命に今の場所から動かず、首を最大限に伸ばした。

「もっと冒険していいよ。特にこれなんか、他社の商品名を真似したのかと思われる」

「あの……すみません、久我部長」

「なにかな？」

「もう少し書類をこちらに向けていただいてもよろしいでしょうか。該当箇所がよく見えないので」

「きみがこちらに近寄ればいいだろう。なぜそんなに離れているんだい？」

「なぜと言われましても……」

それならば、なぜそんなに書類を遠くに持って、しかもこちらに向けないのかと問いたい。

とはいえそんなことを部長相手に言えるはずもなくまごついていると、椅子のキャスターを鳴らして、部長は私のすぐ傍に移動してきた。

スカートに部長の長い足が触れそうな距離から真摯な双眸《そうぼう》で見上げられる。

その澄みきった榛色《はしばみいろ》の目に、心臓がどきりと跳ねる。

「仕事なんだから、きちんと聞いてほしいんだが」

「……申し訳ありません」

今、どきっとしたのは、突然のことに驚いたからだ。そうに違いない。別に部長にときめいたりなんかしていない。

平静を取り戻そうとしたけれど、なかなか胸の高鳴りは収まってくれない。

少し部長の肩が動いて、私のカーディガンを揺らした。

それだけのことなのに、くっと息を詰めてしまう。

それからも少しだけ彼の説明は続いたが、やたらと長い時間に感じた。

「――以上だ。焦らなくていいので、もっと質を高めたものを見せてくれ」

「承知しました」

ようやく説明が終わったので、私は心の中で安堵の息を吐いた。

リテイクは残念だが、とにかくさっさと部長の傍から離れたい。

部長が書類を渡そうとするので、私は彼の手に触れないよう、細心の注意を払って書類の上部を両手で摘《つ》まむ。妙な持ち方だというのは自覚している。

だが私の作戦もむなしく、手を離した部長の指が私の手首に軽くぶつかった。その途端、触れた熱に私の心臓がまた強く跳ねる。

「ああ、失礼」

「いえ、すみません」

私の頬が、かぁっと熱くなった。

目を細めてそんな私を見た部長は、口角を上げてくすりと笑った。

「吉岡さんが妙な持ち方をするから」

思わず私は頬を引きつらせた。

——私のせいですか！

きっと私が慌てふためく姿を見て、楽しんでいるのだ。なんて意地悪な男なんだろう。

書類を遠ざけたのも、渡すときにぶつかったのも、部長がわざとしたのかとも思えてきた。

部署内での部長の人気は絶大だったが、こんなことが度々あって私は彼が苦手だった。リテイクとなった書類を手にして、心の中で溜息をつきつつデスクに戻る。

企画書を完成させ企画を通すまでには、忍耐力が必要である。こんな意地悪な上司と付き合うのも、仕事のうちだ。

はあ、と再び内心で溜息をついて資料の修正を始めようとしたそのとき、部長のデスクに電話が入った。

受話器を手にした彼は珍しく喜びを露《あら》わにして、目を輝かせている。

「そうか！　それはすごい！」

電話を終えた部長は、何事かと様子をうかがっている社員たちに笑みを見せた。

「みんな、喜んでくれ。我が商品企画部が生み出した『うんまいっ茶』が、今期の商品の中で最高の売上を記録した」

室内に歓喜の声が響き渡る。

あのペットボトル飲料の売り上げが好調だと把握はしていたけれど、まさかヒット商品になるとは思わなかった。

次々に生み出される新商品の中で、ヒット商品になるものは一握りだ。

ヒットを出したのは、やはり部長の手腕による結果だろう。

彼の麗しい顔が、こちらに向いた。

「ネーミングは吉岡さんの発案だったな。会議では紛糾したが、あのネーミングにして当たりだったな」

「あ……そうでしたね。ヒットしてよかったです」

そういえば、『うんまいっ茶』という名前は私が提出した案だった。ほかにも候補は多数あったのだが、最終的には部長が私の案を推してくれて、正式な商品名に決まったのだ。

ただ、商品がヒットする要因はネーミングだけではなく、最終的には当然商品の味がよいことが大切だ。だから商品開発部の尽力があってこそだけれど、やはり自分の考えた商品名が埋もれることなくヒットしてくれたことは素直に嬉しい。

「今夜は祝賀会を開こう。終業後、いつもの居酒屋に集合してくれ」

部長の台詞に歓喜の声が上がる。それに伴って私の気分も上昇した。

ただ気になることがある。

最近の会社の飲み会は、部長を狙う女性たちが彼の脇に陣取り、合コンの様相を呈している。あの華やかな雰囲気の中で放たれる女性たちの牽制がどうにも苦手だ。

けれどせっかくの祝賀会なので、ぜひとも参加したい。しかも私がネーミングした商品を祝うためなのだから。

もしかしたら、私が部長の隣に座ることになるかも……って、別にそんな期待はしていないけども！

そう思っていたとき、村木さんが私のデスクへやってきた。彼女は申し訳なさそうに眉尻を下げている。

「ごめんなさい、吉岡さん。開発部から調整してほしいって言われてた書類が間に合わなくて……。今日中に提出なんだけど、私、得意先から頼まれてる急ぎの仕事があるから、手伝ってもらえないかしら……？」

「わかりました。代わりにやっておきますよ」

「本当!?　ありがとう。書類はこれだから、よろしくね」

村木さんから渡された書類を一読する。

今日中の提出だそうだが、けっこう時間がかかるかもしれない……

だけど引き受けてしまったからには、「できません」と突っ返すわけにはいかない。村木さんも別の重要な仕事を抱えているようだし。

私の企画書は今日中に修正する必要があるものではないのが幸いだ。

それならば、まずは村木さんから頼まれた書類を完成させるのがいいだろう。

私はすぐに開発部に連絡を取って、微調整が必要な箇所を確認しつつ、ひたすらパソコンでデータを修正していく。

集中しながら作業を進めていると陽が傾き、やがて終業時間を迎えた。

部署の人たちはこれから祝賀会があるからか残業はせず、次々に席を立ちデスクをあとにする。

部署の人たちの背中を見ながら、私は残りの作業を進めようと気合を入れる。

するとそこへ部長がやってきて、私のパソコンを覗き込んだ。

「これは村木さんが担当しているデータじゃないか？」

「はい。彼女に頼まれたので調整しているところです。もうすぐ終わります」

なんだか距離が近い。彼の吐息が耳にかかり、ぞくりとする。

ちらりと横に目を向けると、部長のシャープな顎のラインがすぐ傍にあった。

彼は真剣な双眸《そうぼう》で画面に見入っている。

「ここは蛇足だからカットしたほうがいい。その代わりに次の表で補足を……」

マウスを握る私の手に、大きな手が被さった。

熱い体温を感じた瞬間、私は驚きのあまり「ひっ」と細い悲鳴を上げた。

だが部長は意に介さず、私の手に手を重ねて、勝手にマウスを操作する。

「こうしたほうがいいと思うんだが。どうだろう、吉岡さん？」

「あ、はい。そうですね。部長のおっしゃる通りです……」

終わったのなら手を離してほしいのに、部長はまだ私の手ごとマウスを握っている。

どんどんと顔が熱くなっていく。

そのとき、村木さんが巻き毛を掻き上げながら私のデスクにやってきた。彼女は、にこやかな笑みを浮かべて部長に声をかける。

「部長、そろそろ行きましょうよ。部長の名前で席を予約してるんです」

「しかし村木さん。吉岡さんが今作っているこの書類は、本来はきみの仕事ではないのか？」

部長は不機嫌そうに眉をひそめる。

気まずい空気にならないよう、私は慌てて取りなした。

「私が請け負ったわけですから、これは私の仕事です。もうすぐ終わりますので、お二人は先に行っててください」

「ですって。行きましょう、久我部長」

村木さんは部長の腕を取ると、しなだれかかるように自分の腕を巻きつけた。それと同時に彼の手は私の手から強制的に剥がされる。私は、ほっとしたような寂しいような複雑な気持ちになった。

だが部長はさりげなく村木さんの腕をほどき、鞄を脇に抱えた。まるで村木さんが腕を回せないようにガードしているみたいだ。

「それなら先に行っているが……吉岡さんもちゃんと来るように。きみが主役なのだから」

「わかりました。必ず行きますから、どうぞお先に」

私は微笑を浮かべて答えると、すぐに作業へと戻る。

部長がもう一度こちらを振り返ったのが視界の端に映ったが、村木さんに促されてフロアを出ていった。

部長の言う通り祝賀会に参加するべく、私は必死にデータを修正した。よく見直してみると、先ほど部長が言っていたことが、非常に納得のいく指摘であるとわかる。

少しだけ詰まっていた資料修正だったが、部長の指摘部分を直したことでスムーズに進み、無事に書類を開発部に提出することができた。

開発部からの受領のメールを確認した私は、椅子の背もたれに背を預け脱力した。

「ふう……終わった。もうみんなは、けっこう呑んでる頃かな」

パソコンをシャットダウンしてデスクを整頓し、鞄を持って退室する。

会社の外に出ると、オフィス街は会社帰りのサラリーマンで溢《あふ》れていた。

部署でよく利用している居酒屋は、徒歩十分ほどの場所にある。

早足で向かった私は、店の縄暖簾《なわのれん》を掻き分ける。店内へ入ると、喧噪と炭の香りが漂ってきた。

「吉岡さーん、こっちですよ」

カウンター席の向こうにある座敷席から、同期の高橋《たかはし》くんが呼びかけてきた。

高橋くんはお酒はあまり得意ではないようで、テーブルに置いてあるビールはほとんど減っていない。

彼の体格は華奢で中性的な雰囲気があり、ミステリアスなタイプだ。彼女いない歴は年齢と同じと公言しているので、私と似たもの同士だと密かに思っている。

細長い座敷には、部署の二十名ほどが座っている。それぞれがジョッキを傾けながら談笑していた。

「遅れて申し訳ありません」

「どうぞ。ぼくの隣に座ってください。というか、ここしか空いてないです」

彼の返答に苦笑しつつパンプスを脱いで座敷に上がり、末席の高橋くんの隣に腰を落ち着けた。

遥か向こうの上座から、部長がこちらに軽く手を挙げたので、私は会釈して返す。

部長の周囲を一瞥すると、もちろん村木さんをはじめとした女性たちが陣取っていて、料理を取り分けたり、笑顔で楽しげに部長に話しかけたりと、とても賑やかだ。

店員に生ビールを注文した私は、ちょっとだけ残念な気持ちになりながら、おしぼりで手を拭く。すると、ネクタイを緩めた高橋くんがさりげなく話しかけてきた。

「Mさんから頼まれてた書類は、終わったんですか?」

「え?　ええ、無事に提出しました」

Mさんとは村木さんを指しているのだと思うが、なぜ匿名にするのだろうか。

「あれ、わざとですよ」

「えっ？」

どういうことだろうと、目を瞬かせる。

私が頼んだビールがやってきたのを見て、高橋くんは自分のジョッキを軽く掲げた。私もそれに倣ってジョッキを掲げて、一口呑む。

ジョッキを触れ合わせたりしないところが、高橋くんの人との距離の取り方を表している。彼も人間不信なところがあるのだ。普段、彼と話していると、それが滲《にじ》み出ているのを感じる。

私はお通しに箸をつけながら、高橋くんに訊《たず》ねた。

「わざとって、なにがですか？」

「祝賀会が決まってから、Mさんは吉岡さんに仕事を頼んだじゃないですか。でも彼女はほかに急ぎの仕事なんてやってませんでしたよ。K部長の隣を確保するために、わざと吉岡さんを遅れさせるように仕向けたんです」

もはやイニシャルにする意味はあるのか。

高橋くんの真剣な考察を聞きながら、乾いた笑いを漏らしてしまう。

確かに遅刻していなければ、ネーミングの発案者である私が主役として扱われて、部長の隣に座っていたかもしれない。

そっと上座を見やると、どこか不機嫌そうな部長とは対照的に、彼を取り囲んだ女性たちは嬉々としていた。

だけど、どこか牽制しあう女性たちから、見えない火花が散っている気がする。

「私は別に気にしてませんけどね。K部長の隣に座りたいわけでも……ありませんから」

「わかってないなぁ。吉岡さんはK部長のお気に入りだから、Mさんにああいう意地の悪い手口を使われるんですよ」

「お気に入り!? 私がですか？」

大皿に盛られた鶏の唐揚げを小皿に取っているとそんなことを言われ、目を見開く。

部長とは仕事の話しかしたことはないし、彼が特別私に目をかけているといったことはないはずだ。

ところが高橋くんは人仰な溜息をついて、首を横に振る。

「見てればわかりますよ。通常、部長は極力誰にも触れないよう一定の距離を取ってるのに、吉岡さんにだけやたらと近づくじゃないですか。それに吉岡さんの手に重ねてマウスを動かす……って、好意がなきゃやらないですよ。ぼくなら他人の手なんて穢らわしくて、できません」

私は呆然とした。

部長は距離感が近すぎると思っていたけれど、それは私限定のことだったのだろうか。

「というか、高橋くんの考察に脱帽ですよ。よく見てますね」

「ぼくは繊細なので、いろんなことが気になるんですよね。吉岡さんが鈍感すぎて損をするのを見過ごせなかったので報告しました。今後の参考になれば幸いです」

「はあ……ありがとうございます」

今後の参考になるのかは謎だ。

なぜなら私は恋愛や結婚に興味がない。

学生の頃は乙女らしく『恋愛・結婚・妊娠・出産』という四つの柱である女の幸せに憧れていた。

だが、とあるトラウマにより、恋愛と結婚への憧れがすっかりなくなってしまったのだ。

残る望みは、妊娠と出産。

私は子どもが好きなので、どうしても自分の子どもが欲しい。

自分の赤ちゃんを抱っこしたいし、よちよち歩きの我が子に「ママ」と呼ばれたい。

だけどそのためには相手が必要だ。一人では妊娠できないのである。そして恋愛不信であるというところに立ち戻り、願いは絶望的だと理解する。

ジョッキを少しだけ傾けた高橋くんは、遠くに向けていた視線をこちらに戻した。

「K部長は嫌がってそうですね。女性だけで盛り上がっている感じです。ところで吉岡さんはK部長に興味ないんですか？」

私は、ぎくりと肩を震わせた。

「K部長というより、私は男性との関係とか、そもそも恋愛自体に不信感を抱いてますね」

「どうしてです？」

「私の過去のトラウマです。そのせいで恋愛を信じられなくなってしまったんですよね」

「過去のトラウマって、なにがあったんですか……と聞きたいところですけど、長くなることは必至だと思うので、タイトルだけ聞かせてください」

高橋くんは詳細を聞いてもいないのに、恐れたように身を引いている。

おそらくどこにでもこんな話は転がっていて、高橋くんも誰かに似たような話を延々と聞かせられて辟易《へきえき》した経験があるのだろう。

私としても彼に詳細を話す気はない。私の憤《いきどお》りまで話したら最後は愚痴になってしまうだろう。

「そうですね……タイトルをつけるとしたら『あてのないドライブ』ですね」

意味不明だったのか、高橋くんは眉根を寄せた。

「ホラーみたいなタイトルですね。ドライブがトラウマなんですか？」

「そういうことです。高橋くんは好きな人とか、いないんですか？」

話題を逸らすためと、礼儀としても相手にも訊《たず》ねてみたのだが、高橋くんからはさすがの答えが返ってきた。

「ぼくですか？　ぼくは学生のときに好きだった女性が親友と付き合うことになって、それをずっと引きずったままですね」

「きっと彼女は今頃、高橋くんのよさに気づいて、付き合わなかったことを後悔してますよ」

「あ〜、そういう根拠のない慰めはやめてください。傷が抉《えぐ》られますので」

「……それは失礼しました」

場はそろそろお開きという頃になり、みんなは帰り支度を始めている。

私も残ったビールを飲み干して、取り皿にとった料理を平らげた。

会計が終わったので、みんなは続々と席を立つ。

村木さんが部長に「このあと、どうします？」と訊《たず》ねている声が聞こえた。

二次会へ行く人もいるだろうが、このあとは個々の流れになるので、私はさっさと帰宅するつもりだ。

お手洗いを済ませてから居酒屋の外へ出ると、高橋くんは早々に駅へ向かっていた。店の前には二次会を相談する一団がいたが、それを避けて私も駅へ行こうとしたとき。

「吉岡さん、ちょっといいかな」

甘くて低い声がかけられ、ふと振り返る。

話題になったK部長——もとい久我部長である。彼の両隣には村木さんともう一人の女性が、ぴったりとくっついていた。

このあと彼らはどこかで呑むと思われるが、私は参加する気はない。

まさか誘われるわけはないと思いながらも、平静を装って返事をした。

「なんでしょうか？」

「このあと、二人で呑もう。話したいことがある」

途端に女性たちから不満の声が上がった。

部長が二人きりで呑む相手に私を指名したことが、彼女たちはショックのようだ。

誰もが不満の声を上げるだけだったが、その中で果敢にも村木さんが部長に提案した。

「久我部長。私たちもご一緒していいかしら？　せっかくだからみんなで行きましょうよ」

「村木さん。俺は、吉岡さんに話があるんだ。きみたちはほかのグループで呑みたまえ」

芯の通った、有無を言わせぬ声音が響く。圧倒された村木さんは黙ってしまった。

おそらくだが、部長の話とは説教ではないだろうか。

仕事のことか、それとも先ほど高橋くんとイニシャルで噂話をしていたのがバレてしまったとか。

いずれにせよ、上司と二人きりで呑むなんて、村木さんたちが想像するほど楽しい話ではない。

「……わかりました。ご一緒させていただきます」

仕方なく私は了承した。確かにイニシャルでの噂話は、本人の耳に入ったら不愉快極まりないだろう。そのことを指摘されたら、高橋くんの分も素直に謝ろう。

「では、行こうか」

部長は女性たちの輪から抜け出すと、滑らかな仕草でてのひらを差し出し、私を促した。背後からは女性たちの残念そうな声が聞こえた。

どうせお小言なのだろうからそんなに残念がらなくても……と思いつつ、私は部長のあとについていく。

私の少し前を歩く部長の背中が広くて見惚れてしまう。脚も長いし、どこから見てもスタイルのよい完璧な人だ。

小言なのだから近くの居酒屋にでも入るのだろうと思っていたが、どうやら少し遠い店のようで、部長の歩みは止まらない。

歩道を進んでいると、車道ぎりぎりを車が通過して、ひやりとさせられる。

少し酔っているから、気をつけないと。

そう思ったとき、前を行く部長が、つと振り返った。

「危ないから、こちらに」

長い腕を伸ばして腰を引き寄せられ、歩道側へと誘導される。部長と体が密着して、どきんと心臓が跳ね上がる。

これは車に接触しそうになったからなのか、それとも部長とくっついたからなのか……よくわからない。

「あの、大丈夫ですから」

さりげなく離れようとしたが、部長の手は私の腰にしっかりと回されている。

「いけない。転んだらどうするんだ」

「これだと、私が転んだら部長まで巻き添えになってしまいますけど」

「きみを転ばせないくらいには鍛えているから安心したまえ」

ふっと部長は笑みを向ける。

頼もしいな……なんて、きゅんと私の胸が鳴ってしまった。

……私、部長に好意を持っているのかな?

そんなわけないよね。だってもう私は恋愛しないんだから。

そうしてしばらく二人で歩いていくと、繁華街を抜けて大通りに差しかかった。

少し歩いたあと部長が入ろうとしたのは、大通りに面した外資系の高級ホテル。

「え。ここですか？」

「夜景を見たくなってね。ホテルの最上階にあるバーで飲み直そう」

まさかラグジュアリーホテルに行くとは。

部長は微笑を浮かべ、私の腰を支えながらエスコートしてくれた。

ドアマンが丁寧にお辞儀する脇を通り抜けて、クリアガラスの洒落《しゃれ》た回転ドアを通った。

ホテルのロビーは煌《きら》めくシャンデリアが吊り下げられ、磨かれた大理石のフロアが輝いている。水が流れるオブジェがあって、とても豪奢《ごうしゃ》な空間だ。

こんなに高級なホテルに入ること自体が初めてで、思わず目眩《めまい》がしてしまう。

けれど部長がホテルの夜景が見たいと言うのなら、ついていくしかない。

「チェックがあるから、ちょっとここで待っていてくれ」

「はい」

ロビーの一角にある臙脂《えんじ》色の椅子を勧められたので、大人しくそこに腰をかける。

格式あるホテルでは、バーの利用であってもデスクでのチェックインが必要なのかもしれない。

コンシェルジュデスクからすぐに戻ってきた部長は、笑みを浮かべて私に手を差し出した。

「さて。お嬢様が酔っ払っていないか、チェックしてみよう」

「お嬢様だなんて……。部長のほうが酔ってるんじゃないんですか？」

部長の冗談に、私は顔を綻《ほころ》ばせる。

「俺は酔い潰れたことはないよ。だから安心して俺の手を取るんだ」

「では、お言葉に甘えて……」

姫を守る騎士のように差し出された大きなてのひらに、私はそっと自らの手を重ねた。

部長の手は、火傷しそうなくらいに熱い。彼の熱い体温がてのひらを通して、体中に浸透するような錯覚に襲われ、どきどきと胸が高鳴る。

部長の手を借りて私は難なく立ち上がった。

……酔いが回っているわけではないので平気なのだけれど、なぜかこの手を離したくない。

「うん、大丈夫みたいだね。でも心配だから、バーの椅子に腰を下ろすまで手をつないでいよう」

「ええ……？　恥ずかしいです」

「それじゃあ、俺の腕に手を回して」

「それも恥ずかしいです」

「それじゃあ……」

私たちは戯れのように話しながら、ロビーの奥にあるエレベーターへ向かった。結局、手はつないだままだ。

豪奢《ごうしゃ》なエレベーターホールには私たちしかいない。部長がエレベーターのボタンを押すと、すぐにドアが開いた。

どきどきと胸の鼓動が大きく鳴り続けているのは、稀有《けう》な体験をしているから。

別に部長に惹かれているわけではない……たぶん。

浮遊感がなくなり、最上階のフロアにエレベーターが到着する。エレベーターから出たあとも私たちはしっかりと手をつないで、瀟洒《しょうしゃ》なバーへ入った。

ピアノの生演奏が流れているバーは、しっとりした雰囲気が漂っている。青い墨を垂らしたかのような薄闇の中、ところどころに点《とも》されたほのかな橙色の照明を見ると、心が落ち着いてくる。

音もなく近づいてきたスタッフに、部長はなにかを告げた。

彼は薄闇の中で私の手を引き寄せると、そっと耳元で囁《ささや》く。そうしないと、ピアノの調べで聞こえにくいから。

「さあ、窓際の席へ行こう。夜景がよく見えるよ」

「は、はい」

部長に導かれて、窓際へ近づく。

「わあ……綺麗……」

窓の向こうに視線を向けると、きらきらした夜景が輝いていた。

まるで黄金と貴石がちりばめられた海のようだ。感嘆の息を吐いた私は、目を細めて都会の夜景に夢中になった。

「気に入ってくれたかい？」

部長の声にハッとなって視線を外し、窓際のボックス席に座る。ピアノの奏でる曲と、人々の囁《ささや》き声が混じり合う極上の空間に身を浸す。

「……こんな素敵な夜景、初めて見ました」

「デートでは来たことないの？」

何気なく質問をされて、ぎくりとする。

これまでこんなにも華やかな世界は知らなかった。でも二十六歳という年齢を考えたら、バーで夜景を見るデートくらい、当たり前なのかもしれない。

「えっと……」

言い淀んでいると、スタッフが飲み物を運んできたので、私は口を閉ざした。

私が夜景に夢中になっている間に注文してくれたようだ。部長はスタッフから受け取った黄金色のカクテルを、私の前に差し出す。

「これは……オレンジジュースですか？」

「アプリコットフィズ。アマレットを炭酸で割ってレモンジュースを加えているから、爽やかな呑み口だよ」

そう説明した部長は、自らはウィスキーのロックを手にしている。

レモンと氷が浮かんだカクテルは照明の明かりを反射して、きらきら光っている。初めて呑むカクテルだけれど、レモネードが好きなので、このカクテルも私の好きな味だろう。

私はロンググラスを両手で取り、黄金色のカクテルを夜景にかざした。

部長も軽くロックグラスを掲げる。

「乾杯」

「おつかれさまです」

カクテルを一口呑む。アプリコットの甘さの中に、レモンの酸味が絶妙に混じり合っていて、とても美味しい。

「甘くて飲みやすい……美味しいです」

「花言葉と同じようにカクテル言葉というものがあって、アプリコットフィズには『振り向いてください』という意味が込められているんだ」

甘く優しく私に囁《ささや》く部長は、ロックグラスを片手に微笑んでみせた。

仕事に厳しい普段の部長からは考えられないセクシーさが溢《あふ》れている。

『振り向いてください』

――まさか、私に？

どきん、と胸が鳴る反面、私の心の底には疑念が湧いた。

なんだか場慣れしている部長は、ほかの女性ともこうして夜景を見に訪れたのではないだろうか。

私は素知らぬふりをして、先ほどされたのと同じような質問を返した。

「部長はよくデートで、ここを利用されているんですか？」

モテる部長のことだから、このバーも常連なのではないか。うちの部署の女性なら、部長に声をかけられて断る人なんていないだろうし。

「いいや。俺、今までデートしたことないんだよ」

「……えっ!?」

ところが部長は、あっさり言い放った。

「このバーは一人でよく来るけどね。いつもはカウンターで呑んでる」

なんと、部長はデート未経験者らしい。私も似たようなものだけれど。

私はともかく、イケメンで御曹司の部長がデートをしたことがないなんて信じられない。それとも、家柄の格が高いゆえに、軽々しくデートできないといった事情なのだろうか。

「そうなんですね。部長はモテるから、意外です」

「好きでもない人にモテてもしょうがないよ。デートだって、好きな人としかしたくないだろう？」

「確かに……そうですね」

「さっきの質問だけど、吉岡さんはデートしたことないの？」

「実は、私もないんです。デートなのかどうか、わからなかったことはありますけど」

部長があっさりデートをしたことがないと打ち明けてくれたので、私も言いやすかった。

ただ、『あてのないドライブ』はノーカウントかと思うが、正直な部長の前では誤魔化すこともできず、つい補足してしまった。

「なるほど。曖昧なのはあるんだね。その男に嫉妬してしまうな」

「あれは……忘れたい思い出なんですけどね」

すると彼は気遣わしげに言った。

「居酒屋で小耳に挟んだけど、『あてのないドライブ』に関係があるのかい？」

そのワードを耳にして、あれだけうるさかった私の鼓動がすうっと静かになる。

『あてのないドライブ』は、私が恋愛と結婚に絶望し、トラウマとなるまでに至った元凶の出来事だ。

他人からしたらたいした話ではないだろうし、この流れで秘密にするほうが不自然だろう。

「……その通りです。私のトラウマなんです。『あてのないドライブ』のこと、話してもいいですか？」

「もちろん。ぜひ聞きたいね」

夜景に目をやった私は、訥々《とつとつ》と話し始めた。

「学生時代に、合コンで知り合った鈴木《すずき》さんという男性と連絡先を交換しまして。彼は社会人だったので、普段は彼の仕事が終わってから、夜中に彼の車であてもなく街中をドライブするデートのようなことを、頻繁にしていたんですよね」

「ふうん。食事に行ったりしないのかい？」

「しないんです。どこにも寄らずにドライブするだけでした。彼の会話も上辺だけのような感じで、そもそも私たちが付き合ってるかどうか疑問だったんです」

「……なるほど」

「なにかイベントが必要かなと思った私は、年末が近かったので彼に年賀状を送ろうとしました。それで彼に住所を聞いて年賀状を送ったんですが……それ以来、音信不通になりました。年賀状はお正月明けに『あて所不明』のスタンプが押されて戻ってきて、彼とはそれきりです」

年が明けて数日、年賀状が戻ってきたときに受けた衝撃は忘れられない。

年賀状を送る前に鈴木さんに確認をとったので、私が住所を書き間違えたということはない。

ということは、彼は平然と嘘の住所を私に教えたのだ。

つまり、家を知られたくないし、私とは恋人のような関係を望んでいないという表れだった。お互いの気持ちが盛り上がらないのも当然だ。彼は自分のことを明かしたくないと、隠していたのだから。もしかしたら、鈴木という苗字も偽名だったのかもしれない。

部長は眉根を寄せた。

「それは……嘘の住所だったということだよね。その彼は結婚してたんじゃないか?」

「ええ。姉や友達にこの話をしたら、みんなそう言いました」

このことを、私は姉や女友達に相談した。

そうすると、「その人、結婚してたんだよ」という、まったく同じ答えが返ってきた。

「そうだろうね。既婚者だから家を知られたくないし、店に入らないのは、吉岡さんといるところを知り合いに見られたくないからだろう。しかし車で連れ回した挙げ句、嘘の住所を教えるとは、不誠実な男だな」

「ですよね……。あてのないドライブはなんだったんだろうと思いましたけど、私から誘うのを待ってたというのが周りの意見なので、そうなんだと思います」

私は赤いスタンプの押された年賀状を、ゴミ箱に捨てた。

鈴木さんとはなにもなくてよかった。あんな卑怯な男に処女を捧げなくて助かったと思おう。捨てた年賀状を見て、私はそう決心した。

この経験のおかげで、恋愛や結婚に夢を見られなくなったというわけだ。

「吉岡さんは、その男に未練があるの?」

私は勢いよく首を横に振る。

未練なんてあるはずがない。恋心もなにも、始まる前に裏切られたのだから。

「ありません。気持ちが盛り上がらないまま終わりましたから。それから合コンには行ってません
し、出会いを求めなくなりましたね」

「なるほど。それで恋愛や結婚に絶望したというわけか」

「はい……」

「じゃあ、その『あてのないドライブ』はデートとしては数えないことにしようか」

「そうしてください」

部長は優しい笑みを浮かべて、私の髪をそっと撫でた。

「そんな男のことなんか忘れろ。きみを大切にしてくれる男は、きっといるよ。案外、すぐ近くに」

「えっ……それって……」

私は瞠目《どうもく》した。

意識すると、どきどきと胸が高鳴る。顔が熱くなったのは、お酒のせいだと思いたい。

部長はどういうつもりなんだろう。

彼は先ほどから、手をつないだり、『振り向いてください』というカクテル言葉を持ち出したり、
まるで私を口説《くど》いているような素振りを見せる。

経験のない私をからかって楽しんでいるのだろうか。

怒るべきなのかもしれないけれど、部長の言葉の一つひとつが私の胸に染み込んで、心臓を揺ら

すので、反応に困ってしまう。

私はカクテルを呑んで気持ちを落ち着かせた。

でもその間も、部長は端麗な顔をこちらに向けて、じっと見つめてくる。

「俺なんか、どうかな？」

「あの……からかうのはやめてください」

「からかってないよ。俺はいつでも真剣だ」

「だって、部長が私を口説《くど》いてるみたいに感じられるんです」

「好きな人としかデートしたくないと言ったろう。つまり口説《くど》いているんだが、ほかにどう聞こえる？」

「……経験のない私をからかってるように聞こえます」

部長の手にしたロックグラスの氷が溶けて、カランと涼しげな音を立てた。

グラスを持った彼の長い指が私の目を惹く。

「俺が、からかうような男に見える？　吉岡さんの中では、俺はどんなイメージなのかな？」

「仕事には厳しい上司というイメージですね。ここに呼ばれたのも、なにか仕事のことでお説教でもされるのかなと思いました」

苦笑した部長は、ことりとロックグラスをテーブルに置いた。

「そう思われても仕方ない誘い方だったたね。きつく言わないと、吉岡さんは誘いに乗ってくれなそうだからな」

……部長が、私を本気で口説《くど》いている？

でも見ているようだ。

にわかには信じられなかった。

だってイケメンで御曹司の彼が、こんな凡庸な私を特別に扱って、果ては口説《くど》こうだなんて、夢でも見ているようだ。

恋愛なんてしない。私にできるわけがない。

でも、もし子どもを授かるとしたら、その相手は部長がいい。彼でなくては嫌だという確固たる思いが私の中にはいつの間にか存在していた。

——実は、私は部長に恋しているのかもしれない。

けれど、かぶりを振って湧き上がった想いを否定する。

あれだけのトラウマがあるのだから、私はもう恋なんてしない。ただイケメンで仕事のできる部長の優秀な遺伝子が欲しいだけなんだから！

とはいえ、まさかあなたの遺伝子だけくださいと言うわけにもいかない。

私は優しい目でこちらを見ている部長を、ちらりと見た。

「初デートの相手が、久我部長でよかったです」

勇気を出してそう告げると、彼は破顔する。

「俺もだよ。吉岡さんと、初めてのデートをしたかったから」

「どうして私なんですか？　私は美人でもないし、平凡な女です」

ほろ酔いになった私に、部長が囁《ささや》く。

「吉岡さんはとても仕事を頑張っているよね。そういう一生懸命な姿に惹かれたんだ」

「……仕事ですから、懸命にこなすのは当然です」

少し酔った私は、ふわふわしながら返事をする。

部長は妖艶《ようえん》な雰囲気をまとい、私を見つめた。

「ご褒美に、一つだけ願い事を叶えてあげよう」

彼の魅力的な言葉が、脳内に染み込んでいく。

一つだけ……

なんでも叶えてくれるの？

だとしたら、どうしても欲しいものがある。

今の私がどんなに頑張っても、一人では得られないもの。

部長を見ると、二人の距離はとても近くて、キスしそうなほどだった。

切れ長の双眸《そうぼう》が、私を覗き込む。まるで心の奥まで見透かされそう。

息を吸い込んだ私は切なる願いを口にした。

「私に、あなたとの子どもをください！」

◆

正直に言って、俺は面食らった。

吉岡さやかの願いは斜め上のものだったからだ。

——あなたとの子どもをください。

いろいろと過程を飛ばしているようだが、彼女はいったいどういうつもりなのだ。

「……吉岡さん。俺の聞き間違いでなければ『あなたとの子どもをください』と、きみは言ったのかな？」

吉岡さんは今さら自分の発した台詞に羞恥を覚えたようで、かぁっと顔を赤らめた。そんな顔も最高に可愛らしい。

うろうろと視線をさまよわせてから、彼女はようやく頷いた。

「……はい。言いました」

なんだか俺がいじめているみたいで、嗜虐心《しぎゃくしん》が煽られる。

彼女を、ぎゅっと抱きしめたい衝動を、俺はかろうじて抑えつけた。

さて。どう出るべきか。

彼女をホテルのバーに誘ったのは、もちろん下心があるからだ。

御曹司という身分だからか、俺は学生のときから女にちやほやされてきた。

だが、彼女たちが好きなのは俺の顔や身分であって、俺自身に興味のあるやつはいない。それどころか俺に対して御曹司らしい言動を求めてきて、辟易《へきえき》としていた。

今の会社でも同じだ。女性社員たちは、御曹司と交際して結婚する幸せな自分……という夢を追いかけているだけで、俺自身のことは見ようとしない。

そんな中で、吉岡さやかだけは異質だった。

どうにも彼女にだけは避けられている気がする。俺を避ける女など、今までに見たことがない。苦手意識を持たれると、肉食の血が騒いでしまう。

――吉岡さやかに近づきたい。

彼女は、俺のかぎ爪でちょいちょいと引っかけてやると、おもしろいほど反応を示す。初めは真っ赤になって反論していたが、やがて俺のやり方に慣れると、距離を取るようになった。そこをまたかぎ爪で引っかける。吉岡さんとのやり取りは楽しくて仕方ない。

だが、彼女を弄《もてあそ》びたいわけではない。

懸命に仕事を頑張る姿を見ているうちに、健気な吉岡さんの力になりたいと思うようになった。例えば今日、彼女の同僚である村木から意地悪く仕事を押しつけられたときも、嫌な顔一つせず彼女は引き受けた。そんな真面目なところにも好感を持っている。やがて俺は、仕事だけでなくプライベートの彼女のことも知りたくなった。

だが、会社の飲み会では肉食女子たちに囲まれて身動きがとれない。しかも吉岡さんは、高橋と仲睦まじそうに話しているではないか。

俺の耳に、二人が恋愛について話しているのが届いた。

二人の話していた『あてのないドライブ』のことを聞き出す目的もあり、ホテルのバーへ誘ったわけだが、話を聞いて納得した。吉岡さんは恋愛に奥手のようだが、それは昔の男から与えられた傷のせいだったのだ。

そうなると、デリケートになっている彼女に「付き合ってくれ」と告白さえすればいいというわけにはいかないようだ。

俺は彼女の顔を覗き込んで、微笑を浮かべた。

「それは、一夜に誘ってくれている、と受け取ってもいいのかな？」

「いえ、あの、私、すごく大胆なことを言ってしまいましたよね」

「少し驚いたけどね。俺はきみの気持ちを大切にしたい。吉岡さんは、子どもが欲しいの？」

「はい。恋愛や結婚はしなくていいんです。子どもだけが欲しいんです」

彼女は言いきった。

独特な価値観に、俺は笑みを顔面に貼りつけながら内心で驚愕するしかない。

「つまり……俺の体だけが目当てで、それ以外に興味はない……ということかい？」

「ええと……はい。そうなります」

――この機会を逃してはならない。

彼女が俺と寝たいと望んでいるなんて、極上の据え膳だ。

しかし俺としては体だけの関係でいいわけではないので、少々舵取りをしたいところだ。

彼女にバレないよう牙を綺麗に隠した俺は笑みを見せる。

「それじゃあ、部屋へ行こうか。二人きりの空間で、もう少しゆっくり話そう」

バーへ来る前に、すでにコンシェルジュデスクで部屋を取っている。吉岡さんから、泊まるのかと疑問がなかったのには驚いたが、清純な彼女のことだ、バーへの入場にもチェックが必要と思ったのかもしれない。

そのときちょうど、ピアノの演奏がやんだ。

バーは静かな空間に包まれる。

周りに目を配った吉岡さんは、ゆるゆると頷いた。

我々はそれぞれのグラスを手に取ると、残った酒を飲み干した。

ロックグラスに隠して舌舐めずりをした俺は、無垢《むく》な羊を搦《から》め捕《と》る算段をした。

◆

バーを出た私と部長は、エレベーターに乗り込み、ある階で下りた。

いくつもの扉の前を通り過ぎて廊下を進み、突き当たりのドアの前で部長はカードキーをかざす。

初めにデスクに寄ったときにチェックインを済ませていたようだ。

ということは……部長は私の話を聞く以前から、ホテルに泊まる前提だったのだろうか。

私は脳内に広がる妄想を打ち消した。

二人でホテルに泊まると、あらかじめ決まっていたわけではない。部長が一人で宿泊するつもりだったのだろう。

廊下を進み室内に入ると、丁寧に整えられたベッドが二つ並んでいた。奥には簡易的なデスクと椅子がある。窓からは鮮やかな照明に彩られたシンボルタワーが見えた。

「綺麗ですね……」

私が呟くと、あとから部屋に入った部長が、カチリとドアガードをロックする。防犯のために必要だからだろうけれど、なんだか部長に囚われたように感じてしまう。

景色を眺めていると、後ろから、そっと部長に抱きしめられた。

熱い彼の体温に、どきどきと鼓動が高まる。

「あの……部長……」

「その、『部長』はやめよう。仕事みたいだから」

「わかりました。じゃあ、久我さん」

「いいね。俺は、さやかって呼ぶから」

部長――久我さんは、ゆっくりと、でも確実に私との距離を詰めてくる。なんだか猛獣に搦《から》め捕《と》られるかのよう。

でもそれは嫌ではない。彼の傍にいるのは、心地よかった。

改めて考えると、『子どもだけ欲しい』なんて身勝手な言い分だったと思う。

けれど、相手が久我さんだから言えたのだ。責任を取らなくていいなら楽だ、なんて考えるような男だったら、たとえ酔っていたとしても、きっと言わないと思う。彼に抱きしめられて、嫌悪感はまったくなかった。

嫌悪を感じないということは、私は久我さんに好感を抱いているんだ……と思えた。

「先ほどの話なんですけど……私は恋愛も結婚もするつもりはないんです。昔は憧れていたときもありましたけど、それらに絶望したから子どもだけ欲しいという考えに至ったんです」

「憧れていたときは、あったんだね」

「それなりには……。乙女でしたから」

振り向くと、すぐ傍に久我さんの優しい顔があった。

端麗な顔がこんなにも近くにあるなんて、どきんと胸が弾んでしまう。

「さやかの憧れを、取り戻してあげたいな」

「どうやってですか？」

「そうだな……。まずは俺に気を許してもらわないといけない」

久我さんは、そっと私のこめかみにくちづけた。

雄々しくて熱い唇が押し当てられ、どきりとする。

「あ……っ」

「嫌だった？」

私はゆるゆると首を横に振った。ちっとも嫌ではない。

「う、嬉しい……です」

久我さんにキスされて嬉しい。

私の心が喜びに溢《あふ》れている。

久我さんに正直に言うと、彼は妖艶《ようえん》な笑みを見せた。

「それじゃあ、これはどうかな？」

向き合った彼に、頤《おとがい》を掬《すく》い上げられる。

ちゅ、と今度は唇にキスされてしまった。初めてのキスに、私は目を見開いて硬直してしまう。

けれど胸の鼓動は、とくんと甘く響いた。

……キスって、こんなに柔らかいんだ。

ちゅ、ちゅ、と小鳥が啄むようなバードキスを繰り返す。彼とのキスが気持ちよくて、頭がぼうっとしてくる。

少し唇を離した久我さんが、私に問いかけた。

「俺とのキスは、気持ちいい？」

「はい……」

「さやかは、俺との子どもが欲しいという気持ちに変わりはない？」

私は、しっかりと頷いた。

子どもは欲しいけれど、誰でもいいわけではない。

久我さんとの子どもが欲しい。

つまり私は、彼に抱かれることを望んでいる。

処女を捧げるなら、久我さんがよかった。

「久我さんとの子どもが欲しいんです。あの、よかったら……私の処女を、もらってください」

「喜んで。さやかの処女をもらえるなんて、嬉しいよ」

そう言って抱きしめてきた久我さんは、首筋を唇で辿りながら、私の上着を脱がせた。ブラウスのボタンも、丁寧に一つずつ外していく。

これから彼に抱かれると思うと、どきどきと胸が高鳴った。

「あ、あの、シャワーを……浴びてもいいですか？」

「それじゃあ、一緒に浴びよう」

スカートを下ろされ、私はキャミソール姿になった。

薄着になった私を、久我さんはお姫様のように横抱きにする。

「きゃ……！」

「俺に掴まって」

軽々と私を抱き上げる久我さんの腕はとても強靱で、安定感がある。

私はぎゅっと彼の首に腕を回した。

薄いキャミソールしか着ていないので、彼の剛健な胸から体温が伝わり、どきどきしてしまう。

膝裏に腕を回され、敏感な膝裏の皮膚に触れられて体が熱くなった。

彼に抱き上げられたまま、寝室からバスルームへ移動する。

久我さんはパウダールームに私を下ろすと、楽しげにキャミソールを脱がせた。リノリウムの床に、すとんと水色のキャミソールが落ちる。それから、ブラジャーとショーツも剥がされた。

彼も服を脱いで裸になると、腰を抱えられ、二人でシャワールームへ入る。

セピア色の壁を背景にして、シャワーコックを捻る久我さんの強靱な体躯が目に眩しい。水の香りが鼻腔を掠《かす》めると、すぐに頭上から雨粒のようにレインシャワーが降り注いだ。

「ああ、我慢できない。キスしよう」

私が水滴に目を眇《すが》めたとき、久我さんの体躯が迫り、獰猛《どうもう》な腕に囲い込まれて情熱的なキスが降ってくる。

ぴたりと密着した体が、熱い。

触れた唇も蕩《とろ》けるように柔らかい。

私は彼の熱情に応えて舌を差し出し、濃密に絡め合った。

「あ……ふ……ふぅ、ん……」

彼の腕に囚われて、息もできないほどのくちづけを受ける。

腰には屹立した楔が押し当てられている。熱くて硬い感触が私の官能を煽った。

顔の角度を変えて、久我さんは私の唇を延々と貪《むさぼ》る。ややあって、銀糸を滴《したた》らせながら少しだけ顔を離した久我さんの双眸《そうぼう》には情欲の色が滾《たぎ》っていた。

「きみの唇は極上だ。俺は世界一、きみの唇が好きだよ」

大仰な褒め言葉に照れてしまう。でもそんなふうに言われるのは嬉しい。

「あ、ありがとうございます……」

濃厚なキスで頭がぼうっとした私には、礼を言うので精一杯だった。

艶《つや》めいた表情を見せた久我さんは、また私の唇に、チュッと吸いつく。

「ずっとここに閉じこもって、きみとキスしていたいくらいだ」

「私も……久我さんのキス、気持ちいいです」

「でも、きみの中に入りたい。だから……さやかの体を洗ってあげる」

呆然として立ち尽くしていると、久我さんはアメニティのシャワージェルをスポンジに垂らす。それを泡立ててから私の腕に滑らせた。

男性に体を洗ってもらうなんて初めての経験だ。

「くすぐったい……」

「じっとして」

彼の手が動いて、柔らかいスポンジを肌に優しく滑らせる。そのたびに、肌が粟立つような、ぞくりとした感覚が芽生えた。

スポンジは腕から背中を辿り、腰から尻へと下りていく。尻の狭間の際どいところまで優しく擦られて、私はぴくんと体を跳ねさせた。

「あっ……ん」

体の前へ回ってきたスポンジが、鎖骨を辿る。それから胸へ下り、円を描いて丹念に撫で擦られた。乳首にもスポンジが触れて引っかけられるので、つんと尖りは勃ち上がってしまう。

久我さんは猛禽類のように目を細めて、私の胸に見入った。

「感じた？　ここが、つんと勃ったね」

「あ、これは……スポンジが触れた刺激で……」

久我さんはスポンジで私の乳首をゆっくりと弄《いじ》る。しかも角で、ちょいと突起を押し上げるような悪戯《いたずら》を仕掛けた。そんなことをされたらいっそう硬く張りつめてしまう。

「こっちも、平等に洗ってあげないとな」

今度は反対側の突起も同じようにされる。

このままでは体がうずうずして、たまらなくなってしまう。

「あの、一緒に久我さんの体も洗ってあげます」

「そうだね。じゃあ、洗いっこしようか」

久我さんの体を洗ってあげたら、彼の気が逸れるのではないか。

私はもう一つのスポンジを手にすると、透明なシャワージェルを垂らす。

シャワールームには甘い花の香りが広がった。

私の胸を丁寧に洗う久我さんの、まずは肩にスポンジを滑らせた。

スポンジ越しでもわかるが、彼の肩はまるで鋼鉄のごとく硬く強靱だ。

「筋肉の鎧みたいですね。久我さんの肩、すごく硬い……」

「さやかの好みの体かな？」

「えっ？　そ、それは、どうでしょうね……」

こんなに素敵な肉体を嫌いな人なんていないだろう。

けれど、「体が好き」なんて素直には言えなくて、私は言葉を濁した。

彼の手は私の両の乳首をつんと勃ち上がらせて満足したようで、次にスポンジを腹部へと滑らせていった。ほっとした私は硬い胸や割れた腹筋をスポンジで擦り、泡立てる。

「久我さん。背中を向けてください」

「了解」

後ろ向きなら、もう悪戯《いたずら》できないだろう。

安堵した私は背中を向けた久我さんの肌を洗う。

彼の広い背中は勇猛さを感じさせた。

「背中、大きいですね」

「男だからね。……ところで、大事な部分も洗ってほしいんだけど、いいかな？」

彼の背中を擦り上げた私は目を瞬かせた。

すぐにはっとして、まさか……と目線を下に向ける。

「あ……もしかして……」

「そう。俺の中心も洗ってもらいたいな。だけど恥ずかしいだろう……？　俺はこのまま後ろを向いているから、手を前に持ってきて」

「わかりました」

それなら直視しなくて済む。さすがに正面から男性の中心を見るのは恥ずかしい。

私はスポンジを持った右手を伸ばし、彼の股間を探るようにしてそっと擦った。

だけど見えないせいか、うまく洗えているのかよくわからない。

「んっ、どうですかね。洗えてますか？」

「ちょっと……そこじゃないんだな。左手も前に回してもらっていいかい？」

言われた通り、私は空いている左手も彼の前に回した。その手を久我さんが取り、そっと中心に導く。

触れた中心は火傷しそうなほどに熱かった。

私の頬も、かぁっと熱くなる。

屹立した男性の中心をさわるなんて、とてつもない羞恥がよぎり、照れてしまう。

でもきちんと洗わないといけないから、手を放すことはできない。

「ここを持って、右手で擦ると位置がわかりやすいんじゃないかな？」

「そ、そうですね」

すでに硬く屹立している雄芯に、左手でそっと触れつつ、右手のスポンジで撫でるように洗う。

そうすると両手を彼の腰に回す形になり、彼の背に私の胸がぴたりと密着した。

前が見えないので手探り状態で腕を動かすたびに、泡でぬるぬるになった乳首が硬い背中に擦られる。さらに胸の膨らみも、ぎゅっと押しつけられた。

「ああ……最高だよ。ありがとう」

「ど、どういたしまして」

敏感な部分なので強く擦ったりしないよう、ことさら優しく撫でた。

「あの、力加減ってこのくらいでいいんですか？」

「うん。ちょうどいいよ。そろそろ俺が限界だから、今度はさやかの大事なところを洗ってあげる」

「は、はい」

「ただ、女性の秘所はとても繊細だから、スポンジじゃなくて……」

振り向いた久我さんは、そっと私の秘部に指を差し入れて撫で上げた。彼の片手にはいつの間にかシャワーヘッドが握られている。

「こうして指で優しく擦って、洗い流してあげないと、ね？」

「そうです……ね、……んっ」

そこはもう、ぬるぬると愛蜜に濡れていた。ぬるついた秘所が彼の指とシャワーによって洗い流されていく。

久我さんの指が蠢《うごめ》くたび、腰の奥がむず痒くて、もどかしく膝を擦り合わせる。

ようやく秘所から手を離した久我さんは、丁寧に私の体にシャワーをかけて、残った泡を洗い流してくれた。お返しに私も、彼の体にシャワーをかけて洗い流す。

シャワーのコックを閉めた久我さんは、最後にちゅっと私の唇にくちづけを一つ落とした。

シャワールームを出ると、バスタオルで自らの体を素早く拭いた久我さんは、私に手を伸ばしてきた。

彼の腕に搦《から》め捕《と》られて、バスタオルごと私の体は胸の中に収まる。

「俺はもうさやかを逃がすつもりはないから。きみは今から、俺に抱かれるんだ」

直截《ちょくせつ》な台詞で堂々と宣言されて、胸がきゅんと弾む。

――もう久我さんのことしか考えられない。

シャワールームでの戯れで、私の体はしとどに濡れて、雄を迎える準備ができているのだから。

私の首筋に残った水滴を、ちゅっと吸った久我さんは、再び膝裏を抱えて横抱きにした。

まだバスタオルをまとっている私はそのままベッドルームに運ばれる。ベッドに下ろされると、私は布団を捲り、その中にもぞもぞと身を隠す。

「おっと。俺の女神様は天岩戸《あまのいわと》にお隠れかな？」

「恥ずかしいんです……」

「俺はもう女神様にむしゃぶりつきたくてたまらないよ。ちょっとだけ顔を見せてくれ」

布団に隠れていた私は、そっと目だけを覗かせた。

けれど、久我さんはいない。

「あれ……？」

不思議に思って顔を出したそのとき、ぎゅうっと布団の中で脚を抱きかかえられた。

「きゃあっ」

「捕まえた。もう離さないぞ」

久我さんは反対側から布団にもぐり込んだのだ。

笑い転げながら、じたばたして逃れようとするけれど、強靱な腕に胴を掴まれて身動きできない。

足も絡められて、完全に捕まってしまった。

「もう、久我さんたら。離して」

「だめだよ。俺と百万回キスするまで、こうしてくっついているから」

「わかりましたから。それじゃあ……一回目」

弧を描いた彼の唇に、そっとキスをする。

久我さんは、私を甘い罠で搦《から》め捕《と》るのがうまい。

唇を離すと、今度は久我さんのほうから追いかけてくる。

彼は熱情のこもった双眸《そうぼう》をして、私の唇に吸いついた。

角度を変えて、何度も何度も互いの唇を貪《むさぼ》る。

「舌、挿《い》れるよ」

「あ……ん。久我さんが言うと、なんかエロいです」

ふっと笑った久我さんは、嬉しそうに私の口腔《こうこう》に濡れた舌を挿し入れた。

ディープキスに応えて、舌を差し出し、濃密に絡める。

互いの舌を擦り合わせるたびに、ずくんと体の芯が疼くような気がした。

このもどかしい切なさが、快感……？

久我さんのキスはすごく気持ちよくて、それなのに切なくて、体が熱くてたまらなくなる。

ややあって唇を離した久我さんは、雄の色香を滴《した》らせた。

「最高に気持ちいいよ。俺たち、相性がいいんだな」

「だったら、嬉しいです。私も気持ちよくて、夢中になってキスしちゃいます」

「そう言ってくれると嬉しいね。じゃあ、キス以外も確かめてみようか」

どきどきした私は目を瞬かせた。

……キス以外……ということは。

「か、体の相性ですか？」

「そうだよ。子作りするためには、体の相性は重要だろう？」

「そ、そうかもしれませんね」

あなたとの子どもが欲しいと言った私の言葉に嘘はない。

でもまさか久我さんがこんなに妖艶《ようえん》で、こんなに彼とのセックスに期待を持ってしまうなんて思いもしなかったから、少々戸惑った。

「まずは、さやかの体をとろとろに蕩《とろ》かしてあげないとな」

覆い被さってきた久我さんは、私の頬にくちづけを落とす。

それから唇で首筋を辿り、鎖骨をチュッチュと吸い上げた。くすぐったいけれど、ほのかな刺激が心地よく体に響く。

陶然としていると、彼のてのひらに胸を覆われる。

円を描いて丹念に揉み込まれ、紅い突起にくちづけられた。

たまらず唇から甘い声が漏れ出てしまう。

「あ……ん」

「可愛い声だ。もっと聞かせてくれ」

ジュッと、きつく乳首を吸い上げられ、びりっとした痺れが全身に走った。

「あっ、あん！」

「痛かった？」

久我さんは宥めるように、やわやわと胸を揉みながら、今度は優しく乳首を舐めしゃぶった。

「ううん。平気です……なんだか体が痺《しび》れたみたいになって」

「それが、快感、だよ」

そう言った久我さんは、尖りをきつく吸ったり、舌で捏《こ》ね回したりと、様々な愛撫を加えた。左右の乳首を交互に、たっぷりねっとりと、舌と指先を駆使して弄《いじ》る。

「あぁ……はぁ……あ……ん」

私は彼の愛戯に翻弄されて、甘い嬌声を上げることしかできない。

仕上げとばかりに、ちゅっと乳首を吸った久我さんは、次に二の腕の柔らかいところに唇を寄せた。

「痕をつけたいな。俺のものだっていう証にね」

「あ……いや……」

「本当に嫌？」

意地悪そうに笑んだ久我さんは、二の腕の内側の柔らかい肌に吸いつく。

チュウゥ……ッと、長くきつく吸われて、花びらのような紅い痣《あざ》がついてしまった。

「ここなら見えないから、いいだろう？」

「もう……久我さんたら」

「本当は全身に花びらを散らしたいんだけど——。さて、花園はどうなってるか、見せてもらおうかな」

チュッと、臍に軽いキスを落とした久我さんは、私の膝裏を抱え上げた。

「あぁっ……」

大きく両脚を広げられ、秘所が曝《さら》される。

久我さんは私の秘部を、じっくりと見入っていた。

自分でも見たことのないところなのに、そんなに凝視されたら恥ずかしくてたまらない。

「綺麗だ……。さやかの体は、どこもかしこも美しいんだね」

感心したように呟いた久我さんの言葉は、たとえお世辞でも嬉しかった。

「あ、ありがとうございます……」

久我さんのほうこそ、名匠が作り上げた傑作の彫刻みたいな体をしているのに。

そんな私の考えをよそに、久我さんはくつくつと笑い出した。

「なにかおかしかったですか？」

「いや、さやかの素直さに感激してる。可愛いよ」

久我さんが頭を下げると、秘所にぬるりとしたものを感じた。

彼の舌が、花びらを舐めしゃぶっているのに気づかされる。

「あっ、いや、そんなとこ、汚い……！」

「汚くないよ。それに、気持ちいいだろう？」

ぬくっと、蜜口に生温かいものが挿し入れられた。

久我さんの舌が、私の胎内に挿入されているのだ。

それだけでなく、舌はぬくぬくと出し挿《い》れされて、蜜口の浅いところを舐《ねぶ》っている。

「あん……久我さん……舌が……んぁ」

「気持ちいい？」

「……はい」

「よかった。さやかは体も素直だな。どんどん蜜が溢《あふ》れてくる」

彼の舌が淫猥に蠢《うごめ》くたびに、体の奥から愛液が溢《あふ》れた。

気持ちいいのに、なぜか腰の奥から焦燥感が迫り上がってくる。

すると淫芽を、ぬるりと舐められた。

途端に、びりっとした刺激が腰から脳天まで突き抜ける。

「ひゃ……やぁっ……なに、これ……!?」

「ここはクリトリスだよ。すごく感じるだろう？」

指先で包皮を剥かれて、曝《さら》された淫芽をぬるぬると舌先で舐められる。そうすると耐えがたいほどの激しい疼きが起こり、膝がぶるぶると震えた。

「はぁっ……あぁ……あっ、そこ……いや……」

「イッていいんだよ。いや……イかせてあげる」

唇に淫芽を含んだ久我さんは、口内でねっとりと舌を使い舐めしゃぶる。さらに、ひくついている蜜口に指をつぷりと挿入して、クチクチと淫猥な音色を奏でながら出し挿《い》れを繰り返した。

目も眩むような愛撫に追い立てられて、ひとたまりもない。

甘い疼きが渦を巻いて、腰の奥から全身へ広がっていった。

「あっ、あ、あん……はぁ……あぅ、ん……あぁ――っ……」

瞼の裏を白い紗幕《しゃまく》が覆う。

同時に体の中心を甘い痺れが駆け抜けていった。

絶頂から下りると、虚脱感に襲われ、ぐったりと手足をシーツに投げ出す。

「あぁ……はぁ……」

「イッたね。俺の手と舌で」

「あ……私……イッたの……？」

「ああ。すごく気持ちよかっただろう？」

まるで快感の奔流に押し流されるようだった。

秘所から指を引き抜いた久我さんは、体を起こす。

凶暴な楔に手を添えた彼を見て、はっと息を呑んだ。

――私は今から久我さんのものになる……

そう思うと昂揚して、心臓が脈打った。

「挿《い》れるよ」

熱を帯びた双眸《そうぼう》で見つめられながら訊《たず》ねられ、覚悟をもって、こくりと頷く。

久我さんが腰を進めると、熱い肉棒の先端が、ぐちゅっと蜜口に押し当てられる。

「あっ……」

壺口を硬くて熱いもので押し広げられる感覚に、甘い快感を得られた。

やがて、ぐちゅんっと濡れた音がして、楔の先端が埋め込まれた。同時に、なにかがぷつんと切れたのを感じる。

「あっ、はぁっ」

「このまま、奥までいくよ」

額に汗を滲《にじ》ませた久我さんは腰を押し進めた。初めての体に、挿入するほうもつらいのだ。

ずくりずくりと熱杭が媚肉を舐《ねぶ》りながら胎内へ入っていく。あの大きな楔のほとんどが、私の体の中に入るなんて、信じがたかった。

「あ、あぁ……こんなに……入って……」

「いいよ。呑み込むのが、すごく上手だ」

掠《かす》れた声で囁《ささや》かれ、ぐっと腰を押し込まれる。

ぐちっと濡れた音が鳴り、雄芯が根元まで、胎内に収められた。

「痛くないか？」

「ちょっと苦しいけど、大丈夫です」

圧迫感はあるけれど、痛いというほどではない。きっと久我さんが丁寧な愛撫を施してくれて、充分に濡れたからだろう。

体を倒した久我さんは、ぎゅっと私の体を抱きしめた。

「ああ……さやかを俺のものにしたよ。きみの処女、もらえて嬉しいよ」

「私も……初めての相手が久我さんでよかったです」

抱き合った私たちは微笑みを交わした。彼との一体感が生まれる。

「でもセックスは、これで終わりじゃないんだ」

「え……？　私はこのまま抱き合っているだけでも、充分に気持ちいいです」

久我さんはなぜか私の首筋に顔を埋《うず》めて、なにかをこらえていた。

そして顔を上げた彼は、頬にくちづけを落とす。

「きみは俺を喜ばせる天才だな。でもね、男としてはこのままだと――わかってくれる？」

男性としては精を放出しないとつらいのだ。

もちろん私は久我さんに達してもらいたい。そして彼の精を、私の子宮に注いでほしい。そうなってこそ妊娠の可能性が芽生えるのだから。

けれど、子どものためだけに彼に抱かれているわけではなかった。

彼と抱き合うことで純粋に幸福感に満ちていた。

「久我さんの好きなように……してください」

そう答えると、ちゅ、と額にキスをされる。

「きみは本当に可愛い。……そろそろ馴染んできたみたいだから、ゆっくり動くよ」

押し込めていた楔を、ずるりと引き抜く。

けれどすべては抜かずに、先端を蜜口に引っかけている。

クチクチと蜜口を舐《ねぶ》られて、甘い官能がそこから広がっていく。

ぐっと、雄芯はまた押し込まれ、最奥まで突かれる。そうしてからまた引き抜くと、楔に絡んだ媚肉が舐《ねぶ》られた。出し挿《い》れを何度も繰り返すうちに、熱杭で擦り上げられた媚肉はとろとろに濡れて愛蜜を滴《したた》らせる。

「あっ、あ……久我さん、きもちいい……」

「俺も、すごく気持ちいいよ。もう少し激しくしてみてもいいかな？」

「して……」

久我さんに手を取られ、指と指を絡めて、ぎゅっと握る。

そうすると私の胸に安堵が広がった。

久我さんが、すぐ傍にいてくれるという安心感に、ほうと息を吐き出す。

「いくよ。俺の手を握っていて」

グッチュグッチュと淫らな音色を奏でて、逞《たくま》しい腰で抽挿《ちゅうそう》される。

楔が内壁を擦り上げ、最奥を抉《えぐ》った。

つながれた手をきつく握りしめて、私は極上の快楽に酔いしれる。

「あ、あん、あっ、すごい……きもちい、あぁ……っ」

ぐっと硬い切っ先がまた最奥を穿《うが》つ。子宮口にキスをされて、悦楽に貫かれた体は、きつく背をしならせた。

「気持ちいい？　一番奥にキスしてるよ」

甘く掠《かす》れた久我さんの声が、脳内で蕩《とろ》ける。

ずっぷりと雄芯を咥《くわ》えた胎内が、快感に震えている。

「きもちい……です。もっと、キスして……」

「さやか、すごく可愛いよ。最高だ」

ズンズンと力強く楔を突かれる。

擦り上げられた媚肉は愛蜜を滲《にじ》ませて、雄芯をしとどに濡らした。

グッチュグチュと淫猥な水音が響き、私の腰は律動に合わせて淫らに蠢《うごめ》く。

全身が快感で満たされ、気持ちがよくてたまらない。

私は忘我《ぼうが》の境にひたり、痺れるような快楽を享受した。

やがて腰の奥に溜まった熱の塊が破裂しそうな気配が近づく。

「あっ、あっ、はぁ、あ、ん、きちゃう……なにか、きちゃうの……」

「イきそうかな？」

「ん、んっ……」

私はかぶりを振った。

よくわからない。

けれど雄芯を出し挿《い》れされるたびに灼熱の塊が生まれて、それが出口を求めて体中を巡っている。

苦しいのに気持ちがよくて、突き入れられる雄芯が愛しい。

私はつながれた久我さんの手を、ぎゅっと握った。

彼も、きつく手を握り返してくれる。

「イッていいよ。ほら――」

剛直はずくずくと濡れた媚肉を舐《ねぶ》る。硬い先端は何度も子宮口に接吻する。

私は大きく股を広げて雄の徴《しるし》を受け入れ、紡ぎ出される快感を貪《むさぼ》った。

やがて腰の奥のうねりが膨張し、体が甘く引き絞られるかのような快感が貫く。

「あ、あっ、はぁ……あぁん、あっ――……」

瞼の裏が白い紗幕《しゃまく》に覆い尽くされる。

背を弓なりに反らした私は、びくんびくんと体を跳ねさせた。

「中で、出して、いいんだよね……？」

久我さんの声が遠くから聞こえる。

白い世界に没入していた私は、震える唇で答えた。

「出して……私の、中に……」

ぐっと、逞《たくま》しい腰が最奥まで押し込まれる。唇にも舌をねじ込まれて、私の体は彼でいっぱいに満たされる。

胴震いをした彼は、ぴたりと子宮口にくちづけた先端から白濁を迸《ほとばし》らせる。たっぷりと、久我さんの子種が胎内に注がれた。

その後、互いの息が整うまで、私たちはキスをしたまま体を重ねていた。

ややあって、こめかみにくちづけられた彼の唇の感触で、私は感覚を取り戻す。瞼を開けると、久我さんは柔らかな双眸《そうぼう》を向けていた。

「すごくよかったよ。きみは最高だ」

「あ……私も、すごく気持ちよかったです」

身を引いた久我さんは、ティッシュで私の陰部をそっと拭った。そこには鮮血が混じっている。

事後処理を終えた彼は、血を見て呆然としている私の横に寝そべる。

彼は強靭な腕を私の頭の下に差し入れた。腕枕をしながら、空いたほうの手で私の手を握りしめる。

「少し血が出たね。体は大丈夫？」

「平気です。久我さんが上手だから……。やっぱり久我さんにお願いしてよかったです」

ふっと久我さんは微笑を浮かべた。

彼の精悍な顔には、清々しさと色気が混じり合っている。

……終わったあとって、こんな顔するんだ。

いつも職場で見せる堅い表情とは全然違っていて、艶《つや》めいた表情だった。うっすら額に滲《にじ》む汗も、彼の色香を増している。

「さやかの願いはなんでも叶えてあげるよ」

私の耳朶《じだ》を悪戯《いたずら》に甘噛みしながら、久我さんは甘く囁《ささや》く。

「なんでも叶えてあげるなんて、久我さんったら魔法使いみたい」

「じゃあ、魔法使いの願いも、一つだけ聞いてほしい」

今度は耳朶《じだ》を舌で舐め上げるので、くすぐったくなった私は首を竦めた。

こうして戯れるのは心地よくて、極まった快感が緩やかに引いていった。

「なんでしょう？　なんでも言ってください」

「俺と、恋愛しよう」

その言葉に、私は目を瞬かせる。

――恋愛……？

それは今の私からもっとも遠いものではなかったか。

恋愛と結婚に絶望しているからこそ、久我さんに子どもが欲しいとお願いしたのではなかったか。

それなのに恋愛するとは、どういうことなのか、さっぱりわからない。

けれど久我さんは目を閉じて、私の耳朶《じだ》を舌で弄《もてあそ》んでいる。

今のは後戯の言葉のうちであって、久我さんは眠気でぼんやりしていたのかもしれない。

そう結論づけた私は、彼の熱い体温を感じながら瞼を閉じた。

二、前途多難な恋愛の始まり

久我さんとの衝撃的な初体験から、一週間が経過した。

ホテルで朝を迎えてから自分がどうしたのかほとんど記憶がない。

確か、「家に帰ります」と久我さんに告げて、逃げるようにホテルを出た気がする。目が覚めたときの非日常な状況が怖かったのだ。

久我さんは「体は平気か」とか「家まで送る」だとか、いろいろ言っていたけれど、曖昧な返答しかできなかった記憶はかろうじて残っている。

一人暮らしのアパートに帰ると妙に冷静になり、途端に青ざめた。

私は酔った勢いで上司と寝て、しかも子どもだけ欲しいとねだり、中に出してもらったのだ。

……どう考えても最低な女だ。きっと久我さんも呆れただろう。

けれど後悔はない。もし妊娠していたら、シングルマザーになる。自分のしたことには、きちんと責任は取るつもりだ。

もっとも、妊娠しているかどうか判明するのは次の生理日の一週間後くらいだ、とネットから情報を入手した。

久我さんは社内ではもちろん、あの夜のことについていっさい触れない。彼はいつも通りの仕事の鬼だ。もしかして、あれは夢だったのかと思えてくる。

久我さんとの関係は一夜限りのことだったと、私は納得していた。

あの晩、昔あったトラウマのことも含めて、いろいろ話したけれど、それに同情してくれたのかもしれない。その結果、子どもだけくださいとお願いした私に、彼が応えたという形なのだから、それ以上なにもあるはずがない。

ただ最後に久我さんは「俺と恋愛しよう」と言っていたが、あれはどういう意味なのか。寝ぼけていたのか、それとも彼なりに考えがあっての発言なのだろうか……。

「そもそも、恋愛って、なんだろう……？」

お昼の時間になり、誰もいなくなったフロアで私は呟く。

誰とも恋愛なんてしたことがないので、恋愛とはなにかがわからない。少なくとも、深夜にあてのないドライブをすることは恋愛ではない。当時の私は未成年ではなかったが、あれは連れ回しに近いし、私はちっとも楽しくなかった。

恋愛とは、好きな人と、楽しく過ごす時間であるべきだ。

「たとえば遊園地に行ったりするのかな？　でも女友達と行ったときは、家族連ればかりだったような気がする……」

世の中の恋人たちは、いったいどこでデートしているのだろうか……謎だ。

私だって、恋人同士でいちゃいちゃしたいという欲求がないわけではない。

ただ、トラウマのほうがその欲求よりも強いため、どうせそんなことできるわけないと諦めているだけだ。

私は作成中のデータに区切りをつけて、キーボードから手を離した。もうお昼だから、社食に行こう。

ちらりと久我さんの席を見やる。

そこにはもう彼の姿はない。ついさっき、ミスをした高橋くんを叱っていたので、まだ怒りは継続しているかもしれない。

「お昼、ご一緒しませんか？　……なんてね」

そんなふうに誘えるわけがない。

きっと久我さんは役員とランチか、そうでなければ社食で女性社員に囲まれているはずだ。

いったい私は彼になんの未練があるというのだろう。

そっと下腹に手をやった私は、首を横に振る。ふとしたときに、あの夜の久我さんの優しさや雄々しさが脳裏によみがえってしまっては、すぐに打ち消すことを繰り返している。

私は溜息をついて立ち上がると、フロアを出た。

社食に着くと、一角では大変な賑わいとなっていた。

女性社員たちがきゃあきゃあと騒いで、トレーを持った久我さんが移動するたびに一緒に大移動している。

どうやら久我さんはこれから昼食らしい。彼の隣の席を確保するために、女性たちはぴったりと彼にくっつきつつ、ライバルを肘で押して牽制している。この壮絶な戦いは社食でよく見られる光景だ。

対して若手の男性社員たちは、げんなりした様子でおかずを摘《つ》まんでいる。女性社員の人気が久我さんに集中しているのが、男としておもしろくないのだろう。

食堂の空いている席を探していると、久我さんの集団から離れたところで、一人で食べている高橋くんを発見した。先ほど仕事のミスで叱られたので落ち込んでいるだろう。

トレーにおかずとごはんなどをのせた私は、高橋くんに声をかけた。

「高橋くん！　ご一緒して、いいですか？」

「あ……吉岡さん。いいもなにも席は空いてますから、ぼくの許可なんていりませんよ」

顔を上げた高橋くんの手にしている箸から、ピーマンの細切りがぽとりと落ちた。どうにも食が進んでおらず、かなり落ち込んでいるようだ。

私は高橋くんの向かいの席にトレーを置いて座った。

お茶を一口呑んで、さっそく切り出す。

「さっき久我部長に怒られたこと、落ち込んでるんですか？」

「ああ……あれはぼくが悪かったので。別に落ち込んではいません」

「よかったら、データの修正をお手伝いしましょうか」

「けっこうです。吉岡さんだって手一杯じゃないですか。そうやって安請け合いするから、Mさんに仕事を頼まれて……」

はっとした高橋くんは口を噤んだ。

なんだろう？

振り向くと、いつの間にか私の後ろに団体様が到着している。それはもちろん、久我さんを中心とした一団だった。

「高橋くん、吉岡さん。俺も昼食をご一緒しても、よろしいかな？」

朗々とした久我さんの問いかけに、私と高橋くんは硬直する。

こんなことは今まで一度たりともない。まさかここで仕事の話が始まるのだろうか。

高橋くんは慌てた様子で、私の隣の椅子を指し示した。

「ど、どうぞ、久我部長。吉岡さんの隣が空いております」

無理もないが、私への対応とは天と地ほども違う。

「では、遠慮なく」

久我さんは私の隣にトレーを置いて座った。

そうすると彼にくっついていた女性たちも、その周囲に次々と腰を下ろす。それまで閑散としていたテーブルは、あっという間に華やかな女性たちで埋められた。

高橋くんはハンカチを取り出して、冷や汗を拭っている。

……非常に気まずい。

私の左側には久我さん、右側には村木さんが座った。村木さんは私を挟んだ位置取りになったせいか、小さく舌打ちをしている。そして私を睨《にら》んでいるのかと思ったら、久我さんの左隣に席を確保した女性に嫉妬の念を飛ばしているようだ。

朗らかな雰囲気が一転、居たたまれない緊迫した空気になってしまい、昼食を食べるどころではない。

それでも頬を引きつらせつつ、箸を取ろうとしたとき。

久我さんが口を開いた。

「みんなに、言っておきたいことがある」

その場にいた全員の視線が久我さんに集まる。

この緊迫した雰囲気の中で言っておきたいことって、なんだろう。

久我さんは眦《まなじり》の切れ上がった鋭い双眸《そうぼう》で、隣の私に目を向けた。

「俺は、吉岡さやかさんと付き合うことになった」

しん、と一瞬の静寂のあと、女性たちから驚愕の声が上がった。

——え、今、なんて……

呆然とした私は、久我さんの宣言を信じられない思いで反芻《はんすう》する。

「そういうわけだから、仕事の用件でない限り、俺についてくるのは控えてもらいたい。集団で行動していると、ほかの社員の迷惑にもなるのでね」

堂々とした久我さんの恋人宣言に、女性たちはまだざわめいている。嘆いたり、私を睨《にら》みつけたり、驚いて呆然としていたりと、様々な反応が見られた。

と、そのとき、村木さんが手を挙げた。部長は仕事のときと同様に促した。

「どうぞ、村木さん。発言を許可する」

「久我部長が吉岡さんと恋人だなんて知りませんでしたわ。いったい、いつからお付き合いすることになったんですか？」

その質問に、ざわめきの熱が、すうと引く。

イケメンの久我部長が凡庸な吉岡さやかと付き合うだなんて、本人の口から聞いても信じられないという空気が漂っている。

私だって、いつの間に久我さんの恋人になっているのか、まったくわからない。

久我さんは村木さんの質問に、悠々と答えた。

「一週間ほど前からだね。祝賀会の二次会で二人で呑んだら盛り上がって、付き合おうということになったんだ。俺は以前から吉岡さんに好意を持っていたから、告白して……吉岡さんからも告白されたんだったかな。とにかくいろいろな話をして意気投合した。そうだね、吉岡さん？」

「はい。その通りです」

かなり婉曲な表現だったが、その内容に誤りはなかったので、私は頷いた。

「付き合おう」ではなく、正しくは「子どもを作ろう」だったが、この場ですべて明らかにすることはできない。穏便に済ませるためにも、彼の説明の通りにしておくべきだろう。

食い下がる村木さんは私を押しのけて、久我さんへ挑むように身を乗り出した。

「吉岡さんに好意を持っていたなんて驚きですわ。彼女のどんなところがよかったんですか？」

まるで「私のほうが美人なのに、なんでこんな女と？」と言わんばかりである。実際に外野からそういった声がちらほら聞こえてくる。

すると久我さんは笑いながら、私に愛しげな視線を向けた。

「それは俺に、のろけろ、と言っているのかな？　彼女のいいところを話し出すと終業時刻までかかりそうだが、それでもいいか？」

それを聞いた一部の女性はげんなりした顔をして、次々に席を立ち、別のテーブルに移動していってしまった。向かいの高橋くんは平然と、村木さんに忠告する。

「部長の言葉を訳しますと、『恋人ができたから、お邪魔虫には退散してもらいたい』ってことじゃないですか？」

高橋くんの言葉に、私の隣にいた村木さんはきつく唇を噛みしめると、ほかの人たちと同じように離席した。

そしてまた閑散とした私たちのテーブルは、私と隣の久我さん、そして向かいの高橋くんだけになる。

「それでは、ぼくも退散いたします。末永くお幸せに」

さっと、高橋くんはトレーを持って席を立った。

彼は、そそくさと逃げ出すようにテーブルを離れていく。

あれだけ多くの人たちがいたというのに、ぽつん、と二人だけが残されてしまった。

いったいどういうことなのかと考えた私は、一つの答えに辿り着いた。

これは、虫除けだ。

久我さんの周りはいつも女性社員だらけで賑やかなので、恋人がいると宣言すれば、もう彼女たちに囲まれなくて済む。そのための虫除けとして私は使われたのだ。

久我さんの言った『恋人』とは、そういう意味なのだ。

考えてみれば「子どもをください」なんて非常識なお願いをしたのに、まともな恋人関係になれるわけがない。

そう考えて納得していると、久我さんは隣で悠然とお茶を飲んだ。

「高橋くんと仲がよいと思ったが、どうやら俺の誤解だったようだ。彼は吉岡さんに対して特別な気持ちはないようだね。吉岡さんは彼をどう思っているんだい？」

「……え？　高橋くんとはよく話しますが、彼に対して特別な感情はないですね。お互いにお一人さま気質だから、気が合うんじゃないでしょうか」

「それを聞いて安心した。だが、きみはもうお一人さまではない。俺の恋人だよ。そうだろう？」

「えっと……」

端麗な顔で迫られて、困惑する。

まさか私の人生において、眉目秀麗な御曹司の『俺の恋人』なんてポジションにいる世界線があるとは思いもしなかった。

一度寝ただけで彼女づらするな――という台詞を吐く男をドラマで見たことがあるが、完全にそれの逆パターンである。

……でも、本当の恋人じゃないのよね。

一夜を過ごした私が虫除けとして選ばれたに過ぎない。

それでも久我さんと、つながりが消えなかったことが嬉しかった。

「わ、わかりました。〝恋人〟ですね」

ぎこちない笑みで恋人役を了承すると、久我さんは私の顔をじっと見つめた。

やっぱりイケメンだなぁ……と感心していると、彼は微笑を浮かべる。

「わかってくれて、よかった」

「はい。私の立ち位置は理解しています」

「……では、帰りにカフェに寄ろう。そこでお茶でもしようか」

私は目を瞬かせた。

なぜ、わざわざ仕事帰りに一緒に行動する必要があるのか。話があるなら、ここですればいいのではないか。

でも、ここで恋人契約の詳しい話をするわけにもいかないだろうし、久我さんは社外で念を押したいのかもしれない。

あくまでもきみとの仲は契約だから、俺はほかに恋人を作る、とか言われるのかな……

「……はい」

私は俯きながら了承した。

なんとなく、気落ちしてしまう。

私が久我さんの本物の恋人になんてなれるわけないと、わかっているのに。

久我さんは眉をひそめたが、近くのテーブルに年配の男性社員が座ったので、そこで一旦、話を止めた。

私たちは食事に箸をつけ、黙々と食べた。

◆

話を終えて、俺は静かに昼食を食べるさやかをそっと見る。

——どうにも、ぎこちない。さやかは、なにか勘違いをしてないか？

俺は心の中で首を傾げた。

体を交えてから最後に「恋愛しよう」と俺が言ったので、違和感を覚えているのかもしれない。

通常は順序が逆だ。告白して恋人になって、恋愛関係に至ってからベッドをともにするものである。

だが、順序通りにすればうまくいくというわけではない。

順序は恋愛関係においてさほど大切ではない、というのが俺の持論だ。

それよりも大切なのは、お互いの信頼だ。

さやかは過去のトラウマにより、恋愛と結婚に絶望していると語っていたが、彼女は俺を、子どもを作るための道具のようには扱わなかった。俺と接する彼女には恥じらいや優しさがあった。

ということは、彼女はトラウマさえ克服できたなら、ふつうの恋人のようにデートしたり、愛を伝えたりすることができるはずだ。

その相手は俺しかいない。

高橋との仲を勘繰《かんぐ》ったが、どうやら二人は互いを異性として意識していないようだ。今のうちに、さやかは俺のものだと彼に言っておく必要がある。

それに、公言さえしてしまえば、俺を狙っている女性たちも諦めてくれるだろう。

そして、時間をかけてさやかの信頼を得よう。

彼女と恋愛をして、いずれは結婚する。

『子どもが欲しい』という彼女の願いも、もちろん叶えよう。

キスをして、肉体関係を持ったからには、まずは第一段階はクリアしている。彼女に嫌がる素振りはなかった。素直に俺を受け入れてくれた。

だが、今のさやかに、あのときの甘い雰囲気はいっさいない。

それどころか彼女はなぜか気落ちしているようだ。

俺は箸を動かしながら、何気なく問いかけた。

「さやかは、どんな食べ物が好きだい？」

「……えっ？」

突然話しかけたせいか、さやかはひどく動揺している。

周囲を見回して、彼女は声を抑えて言った。

「久我部長。社内ですから、名前で呼ばないでください」

「……ああ、そうだね」

真面目な彼女のことだから、公私はきっちり分けたいというのもわかる。

しかし今くらいは、いいではないか。なんのための恋人宣言だったのか。

俺は以前からさやかのことが気になっていて、どうにか恋人になるきっかけが作れないか探っていた。

だが、俺が一方的に恋人宣言を行《おこな》っただけで、このあとさやかに断られたら恋人関係は終わってしまう。やり逃げされるわけにはいかない。

「このチャンスを逃すわけにはいかない……」

「え。なにか言いました？」

「いや。なにも」

俺は口角を上げて微笑を浮かべる。

もしあの一夜でさやかが妊娠していたとしたら、彼女は俺になにも告げずに姿を消してシングルマザーになる可能性がある。

そうはいかない。俺の存在を彼女の中から消すわけにはいかない。

きみも、子どもも、もう俺のものだ。

だが彼女に俺の強引な面を知られたら、嫌がられるだろうから、綺麗に覆い隠して紳士を装う。

「じゃあ、社内では今までと変わらず、吉岡さんと呼ぼうか」

「そうしてください」

「吉岡さんの好きな食べ物を教えてほしいな。きみのことを一つずつ、知りたい」

「……なんでも食べます。以上です」

会話が終わってしまった。

さやかは俯いて、黙々と昼食と向き合っている。

あの一夜がまぼろしだったかのように、彼女は冷たい態度だ。

俺に好意を持ってくれたからこそ、子どもが欲しいと言ってくれたり、甘い夜を過ごせたのだと思ったのだが……なにか心境の変化でもあったのだろうか。

ここで込み入った話をするわけにもいかないし、あとでじっくり聞くことにしよう。

さっさと昼食を終えたさやかは素早く席を立った。

「ごちそうさまでした。それではお先に」

「ああ……では、あとで」

俺はもう一度、心の中で首を捻る。

彼女は照れている……わけでもなさそうだ。

恋人宣言が強引すぎたのだろうか。もしかすると村木あたりに睨《にら》まれるとでも思って怯えているのかもしれない。

だが大丈夫だ、さやかのことは俺が守る。なにも心配はいらない。

守るものができた俺は穏やかな気持ちになった。

――今日から俺とさやかは、恋人同士なのだ。

約束通り、俺とさやかは仕事を終えたあと、近くのカフェへ向かった。

「会社の近くに静かで雰囲気のいいカフェがあるんだ。時間を調整するときによく利用している」

「そうなんですか」

まだ仕事モードなのか、さやかの言動は控えめだ。

確かに、一応は上司と部下なので、スーツを着た状態で恋人のように砕けた会話というのはやりにくいだろう。

さやかの手を握ろうとして、俺は自制した。というより、彼女は俺のいる側である左手にバッグを携えている。これでは手が握れない。

避けられているような気がするのだが、考えすぎだろうか……

カフェの扉を開き中へ入り、さやかをテーブル席の奥へ導き、座らせる。

稀に、男が奥の席にふんぞり返り、女性が手前の席に座っている光景を見かけるが、そういうスタイルは非常に迂闊だと思う。

淑女に対する礼を失しているし、なによりその構図からは、男が女性を大切にしていないだろうことが察せられる。

だから俺は、恋人を奥の席に座らせて、自らは手前に腰を下ろす。

彼女が逃げられないように。

景色やほかの客など見なくてよい。常に彼女に視線を注いでいるべきだ。

女性は繊細なので、目の前に座る男の視線がどこにあるかさりげなく見ているものである。ほかの女性客や女性スタッフばかり見ている男は、つまるところ自分に興味がないと判断し、今後いっさい口も利きたくないと判断するだろう。これは恋愛に限らず、ビジネスシーンでも同様だ。

「今日も暑かったな。なにを飲もうか」

初夏の陽気は日暮れでも蒸し暑い。

俺は白いハンカチで額の汗を拭いながら、スタッフが水とメニューを差し出すのを目の端でさりげなく見た。女性スタッフは、メニューをさやかの正面に置いた。合格だ。よくわかっている。

ここで俺が先にメニューを手に取るなどありえない。もし俺がコーヒーなどと言ったら、部下であるさやかも遠慮してコーヒーしか頼めなくなってしまう。

それでは彼女の好みがわからないし、なにより俺の飲み物を気にせず、彼女に好きな飲み物を選ばせてやりたい。

仕事の顔しか知らないので、彼女自身の好みを探りたいのだ。

そうして、好きな人の好きなものを好きになる、というのは素晴らしいことではないか。恋愛における真骨頂ではないかと俺は思う。

「奢るから、好きなものを選んでほしい。好きならパフェも頼んでいいよ」

「あ……パフェは好きなんですけど、夕食が近いので、飲み物だけにします」

さやかはメニューに触れると、ぱらりと飲み物のページを捲った。

「そうか。夕食も一緒にどうかな？」

「いえ……家に作り置きのおかずがたくさんあるので、今日はご遠慮します」

「へえ。料理するの？」

「はい。週末に買い出しして、一週間分を作るんです。姉の家が近いので、おかずを交換したりとか、よくしてますね」

倹約家で家庭的だ。

俺は御曹司ではあるものの、金遣いの荒い女との結婚は遠慮したい。その点、さやかは俺のお嫁さんに向いているではないか……と、前のめりになりそうなところを押し止める。

そんなに作り置きのおかずがあるなら、俺にも食べさせてほしいなと目で訴えたが、その間、さやかはメニューを見ていた。オーダーを取りに来たスタッフに、「レモネードをください」と頼んでいる。なかなか味なチョイスだ。

「久我さんは、なににしますか？」

メニューを手渡そうとしたさやかを、軽く手を挙げて制する。

『部長』と呼ばれなかったことに顔が綻《ほころ》んだ。

「俺はアイスコーヒーで。いつも決まってるんだ」

注文を終えたら、先ほど仕入れた情報が冷めないうちに、話題にするとしよう。

「さやかには、お姉さんがいるんだね。仲がいいのかい？」

「はい。姉はシングルマザーで、子どもがいるんです。三歳の男の子なんですけど、まだ手がかかるので、よく遊びに行くんですよ」

ぐっと、俺の喉が詰まる。

さやかの姉がシングルマザーなのか！

そうすると、さやかはシングルマザーに抵抗がないと考えられる。俺に子どもだけを頼んだのは勢いばかりではなく、本気だったということか。

シングルマザーといっても、世の中には様々な家庭があるだろうが、さやかが嬉しそうに姉の話をするところを見ると、彼女の姉は円満に子育てをしているのだろう。

つまり、恋愛や結婚には興味がなく、シングルマザーの生活を近くで見ているさやかにとって、もし妊娠して俺から逃げても、痛くも痒くもないというわけだ。

『幸せな結婚をして、旦那様がいる』

そんな構図が彼女には考えられないのかもしれない。

となると、俺の存在価値は彼女の中で薄いはずだ。

妊娠したら、さやかに逃げられる可能性が高くなってしまった。

なんとしても子どもができる前に、彼女をしっかりとつなぎとめておかなければならない。

「そうか。さやかは子どもが好きなんだね」

「はい！　すごく可愛いんですよ。小さいのに一生懸命お手伝いしようっていう姿とか、つい手を貸したくなるんですけど、可愛らしさに悶えながら見守ってます」

そこでさやかははっとし、自らの下腹に手をやった。妊娠したかどうか気になるようだ。

確か、妊娠を判定できるのはもう少し先のはず。

俺は声を低くして、そっと囁《ささや》いた。

「俺たちの子も、できているといいね」

俺の囁《ささや》きにさやかは、かぁっと顔を赤らめ、うろうろと視線をさまよわせる。

「ど、どうでしょうね。まだわからないんです」

「そうだろうね。結果が判明したら、すぐに教えてほしい」

「わ、わかりました」

素直に頷いたさやかは、妊娠したら俺の前から姿を消すなどということはしないように見える。

今すぐに同棲や結婚を持ちかけたいくらいだが、それはさすがに時期尚早だろう。

さやかの心の準備ができてから、ここぞというときに用意した罠にかけるのだ。欲しい獲物を捕まえるには周到な準備が必要なのである。

俺は心の中で舌舐めずりをする。

そのときスタッフが、レモネードとアイスコーヒーを持ってきた。

さやかのオーダーしたレモネードは黄金色に煌《きら》めいていて、美味しそうだ。俺も同じものを頼めばよかったな。つい癖で、いつも飲んでいるアイスコーヒーにしてしまった。

彼女と共有したいという欲求が胸のうちから湧いてくる。

だが、「少しちょうだい」と言えるほど、俺たちの仲はまだ深まっていない。

俺はアイスコーヒーの苦みを味わいながら、うさぎのような口をして可愛らしくストローを咥《くわ》えるさやかを目に焼きつける。

社内にいるときに彼女を凝視するわけにはいかないが、こうしてカフェで恋人同士が向かい合っているという形なら、いくら見つめてもかまわないはずだ。

存分に彼女の姿を堪能していた……そのとき。

ストローから口を離した彼女は、笑顔で話しかけてきた。

「久我さんも、少し飲んでみますか？」

「えっ」

「このレモネード、美味しいですよ。じっと見てたから、すごく飲みたいのかなって」

なんと、さやかのほうから声をかけてくれた。

そういうつもりで見ていたわけではなかったが、間接キスができることに心の中で小躍りする。

あの夜、何度もキスはしたのだが、公共の場で彼女のほうから間接キスを許してくれたことが嬉しいのだ。俺たちは恋人なのだという実感がして、胸が熱くなる。

「すみません。ストローをもう一本お願いします」

しかし、俺の歓喜をよそに、さやかがスタッフに頼んでしまった。スタッフは快く未開封のストローを持ってくる。

……そうか……そうだよな……

「どうぞ、久我さん」

にこやかに笑ったさやかは、俺の前に飲みかけのレモネードと新品のストローを差し出した。

俺はありがたくストローを開封して、レモネードのグラスに差す。

そうすると、グラスには二本のストローが差された。

これはこれで、恋人としかできないことではあるのだが。

きみが飲んでいるストローを貸してくれるだけでよかったんだが……とは言えない。

これまで見ていた限り、さやかは潔癖症ではないはずだが、俺にそこまで気を許してはいないといったところか。

少しだけ味見したレモネードは、甘酸っぱかった。

「ありがとう。レモネードって飲んだことなかったけど、すごく美味しいな」

「暑いときに飲みたくなるんですよね。家ではハチミツを入れて甘くしたりするんです」

「自家製なのか、すごいな！」

「そんなに難しくないんですよ。でもカフェで飲むのはまた違って、美味しいですね」

さやかがそんなに言うなら今度、作ってみるか。水とレモンと砂糖があればできるはずだ。

そして作ったものを味見してほしい……と、さやかを家に呼ぶ。完璧なシナリオだ。

「お返しに、俺のアイスコーヒーを味見してみるかい？」

「いえ、大丈夫です。私、アイスコーヒーってあまり得意じゃなくて……ホットは好きなんですけどね」

俺の努力もむなしく、間接キス作戦は失敗に終わってしまった。

だが俺には次の手がある。

さりげなく懐からスマホを取り出して、画面が見えるようにさやかに見せた。

「そういえば、まださやかの連絡先を知らなかったよ。メールアドレスや電話番号を教えてもらってもいいかな？」

「え……どうしてですか？」

『どうして』……だと？

恋人になったのだから、アドレス交換くらいするだろう。

こういったさやかのガードの堅さが、攻略しがいがあるというのは確かなのだが、そんなふうに疑問を持たれてしまうと、俺たちは一夜限りの関係と思われているのではと訝《いぶか》ってしまう。

ひとまず宣言はしたのだから、『恋人』でいいはずなのだが。

俺は唇に弧を描いて、人好きのする笑みを見せた。

「デートしたいから、こまめに連絡を取りたいな」

「……で、デートですか!?」

「そう。今度の土曜日にどこか行こう。さやかは行きたいところある？」

さやかは目を大きく見開いて驚いている。

なぜそんなに驚くのか……。恋人なのだからデートして当然だと思うが。

さやかはちらりと周りを気にしてから、身を乗り出し、小声で囁《ささや》いた。

「あの、それも契約のうちということですか？」

「契約？」

子どもを授けることだろうか。

そして、俺と恋愛しようと言ったことを、その交換条件のように彼女は捉えているのかもしれない。

となると彼女は俺と恋愛するのは、契約だから仕方なく……と思っているということか。

いや……今はそれでいいのかもしれない。

俺としては子どもを授ける話は、あくまでもきっかけに過ぎない。俺は彼女と恋愛して、最終的には結婚したい。その過程で彼女は俺に心を開いてくれるはずだ。

「ああ、そうだね。そう思ってくれてかまわないよ」

そう答えると、さやかはゆるゆると頷いた。

「わかりました。それでは……」

スマホを取り出した彼女と、アドレスと電話番号を交換する。

彼女のアドレスを眺めて、俺は宝物を手に入れたかのように昂揚した。

こんな気持ちになったのは初めてだ。やはり俺は、さやかに相当惚れているんだな。

「おはようと、おやすみのメッセージは必ずするから」

「ええ!?　は、はい。わかりました」

「それで、デートはどこに行きたい？　俺としては遊園地以外がいいな。きみの体のことを考えて、激しく動くようなものは避けたほうがいいだろうし、ね？」

「あ……そ、そうですね」

妊娠している可能性があるので、無理はさせたくない。

それは彼女もわかったようで、俯いて下腹に目をやっていた。

「それじゃあ……水族館に行ってみたいです。この間、甥っ子が遊んできた話を聞いて、私も行けたらいいな、って思っていたので……」

「わかった。水族館だね。土曜日までにいろいろと調べておくよ」

「ありがとうございます。楽しみです」

「礼はいいよ。俺たちは、恋人同士なんだから」

『恋人』と言うと、さやかは顔を赤らめて、はにかんだ。

初恋は叶わないとは言うけれど、俺は必ず成就させてみせる。

俺は目の前の恋人を見つめて微笑むと、決戦の土曜日に思いを馳せた。

三、恋人契約と二人のデート

アパートに帰ってきた私は、困惑のまま自室に入った。

カフェでは、久我さんから恋人契約についての話が出るかと思って緊張していたけれど、それについてはほとんど説明がなく、連絡先を交換したり、デートの約束をしたりした。

……まるで本物の恋人みたい。

私たちは本当の恋人ではなくて、久我さんが子どもを授けてくれるのと引き替えに、私は彼の女除けとして、かりそめの恋人を演じる……という関係のはず。

かりそめの恋人なら、実際にデートしたり、メッセージをやり取りしなくてもいいのではないか。

それとも仮の恋人であろうとも、やるなら徹底的にということなのか。

私はバッグからスマホを取り出して、先ほど交換したばかりの久我さんのアドレスを見つめる。

かりそめでもいい。

やっぱり、嬉しい。

子どもができるまでの関係かもしれないけれど、久我さんが私を特別に扱ってくれるのが嬉しかった。社食での恋人宣言は驚いたけれど、私の胸のうちには久我さんが私を選んでくれたという感動が込み上げていた。

秘密の関係だと思っていたのに、久我さんがあんなにはっきり言ってくれるなんて、思いもしなかったから。

「久我さんにメッセージ、送ったほうがいいかな？　さっきはごちそうさまでした、とか……」

迷っていると、電話の着信を知らせるメロディが鳴り響いた。

突然のことにスマホを取り落としそうになる。

表示された名前は『吉岡美代子《よしおかみよこ》』だった。姉からだ。

「もしもし――お姉ちゃん？」

『あ、さやか。航太《こうた》がさやかと話したいって言ってるんだけど、今いい？』

「うん、いいよ。航太に代わって」

甥の航太は三歳の保育園児だ。姉は航太と二人で生活していて、保育園に子どもを預けながら会社員とアルバイトを掛け持ちしている。二人の住むアパートは私の住んでいるところから近いので、よく行き来している。

受話器の向こうから『いいの？　いいの？』と、可愛い声が漏れ聞こえてきた。

「もしもし、航太？　さやかお姉ちゃんだよ」

『やかちゃん！　あのね、コウタね、保育園でおひるねできたんだよ』

「お昼寝できたのー!?　えらいね」

『うん。やかちゃん、コウタと遊んでくれるの、いつ？』

まだ小さいから舌足らずで、私は『やかちゃん』と呼ばれている。

話がころころ変わるのも、幼児の特徴だ。

「そういえば、おかずが余ってるんだった。今から行こうかな」

『わーい！　ママぁ、やかちゃん、うちくるって』

気をつけて来てねー、と航太の後ろで姉が言っているのが聞こえてきた。

「じゃあ、あとでね」

通話を切った私は、冷蔵庫を開けてタッパーを取り出し、おかずをパックに取り分ける。ねぎ塩味のローストチキンに、アジの南蛮漬け、それから航太がお気に入りの、ニンジンとオレンジにミントを添えたサラダ。初夏なのでさっぱりしたものが多めだ。

おかずを詰めたパックを保冷バッグに入れて、スマホと財布を忘れずに持つ。

アパートの駐輪場に停めてある自転車のカゴに荷物を入れて、ハンドルを握る。

姉の住むところまでは自転車で二十分程度だ。

初夏とはいえ、日暮れが迫り、辺りは薄暗くなってきた。できるだけ街灯やコンビニのある明るい通りを選ぶ。

大通りから小道を入ったところに、二階建てのこぢんまりしたアパートが見えてきた。ここの一階の部屋のうちの一つが、姉と航太の住む部屋だ。

アパートの前で自転車を降りた私は、保冷バッグを脇に抱えて呼び鈴を押す。

すぐに扉が開いて、姉と、姉の足の隙間から航太が顔を見せてくれた。

「いらっしゃい、さやか。こっちで簡単なものだけは作っておいたわよ」

「いらしゃい、やかちゃん！　ごはんだよ！」

航太のぷくぷくのほっぺを見ると、ほっとする。

私は保冷バッグを掲げながら、三和土《たたき》でシューズを脱いだ。

「いっぱいおかず持ってきたからね。航太の好きなオレンジのサラダもあるよ」

「わーい！」

私の足に絡みついてじゃれる航太に、思わず頬が緩む。

部屋に入ると、テーブルには冷や奴と、ナスとトマトのアンチョビマリネが用意されていた。

「暑いときはやっぱり冷や奴よね～。簡単だし」

「ごはんよそうの、ぼくがやる！」

テーブルに私が持参してきたパックを並べる。ごはんは全員分を航太がよそってくれた。なんでもやりたがる年頃なのだ。

「はい。やかちゃんのごはん」

ちゃんと私の茶碗を航太はわかっていて、私の前に置いてくれる。茶碗に盛られた白米はぐちゃぐちゃだったけれど、私の心はほっこりと温かくなった。

「ありがとう、航太。よくできたね」

頭を撫でてあげると、航太は満面の笑みを見せてくれた。

こうして一緒にごはんを食べるのは一か月に二、三回くらいのはずなのに、私も家族の一員だと航太がわかっていてくれるのが嬉しかった。

やっぱり、子どもは可愛いな……

私と久我さんの赤ちゃん、できてるのかな……

思わず下腹に手をやると、それを目にした姉が首を傾げる。

「さやか、どうしたの？　お腹でも痛いの？」

「えっ!?　ううん、なんでもないよ」

慌てて下腹から手を離し、箸を用意する。

三人で「いただきます」と合掌して、夕飯が始まった。

アジの南蛮漬けに箸をつけていた姉は、顔を綻《ほころ》ばせてもぐもぐと咀嚼《そしゃく》している。

「さやかはホント料理が上手よね。あたしの嫁になってよ～」

「やかちゃん、よめになってよ～」

航太が真似するので噴き出しそうになってしまう。

私は思わず苦笑を零《こぼ》した。

「もう！　そんなこと言ったら航太が変な言葉を覚えちゃうじゃない」

「もう諦めたわ。子どもってすぐに吸収するし、すごく聡《さと》いのよ。あたしの真似じゃなくても、保育園でいろいろ覚えてくるしね。『フリンってなに？』って聞かれたときはどうしようと思ったわ」

「それは……プリンのことじゃ……ないのね」

「だから、『ママわかんなーい』って誤魔化したけどね～」

つい頬が引きつってしまう。

大人が言いにくいことでも、純真な子どもはストレートに訊《たず》ねてくるので対応に困ることが多々あるのだ。

ちらりと私を見た姉は、何気ないふうに訊《たず》ねた。

「さやかは……フリンなんて無縁でしょうね？」

「えっ!?」

ぎょっとした私は箸を取り落としそうになりながら、慌てて首を横に振った。

姉は私が不倫をしていないか心配しているのだ。

「ないない！　私は恋愛しないから」

姉には昔、『あてのないドライブ』の件を相談しているので、私が件《くだん》の男性からいかに大きなショックを与えられたか知っている。そのせいで恋愛や結婚に希望が持てなくなったのだから。

だが姉は半眼になって、私の下腹を見た。

「さっきお腹を押さえてたからさ、もしかしたら妊娠を心配してるのかと思ったのよ。あたしの目は誤魔化せないわよ」

さすが、恋愛と結婚と出産、そして離婚と子育てという、すべてを経験している姉は鋭い。先日、久我さんに処女を捧げたばかりの私とは経験値が天地の差だ。

「やかちゃん、これたべる」

そのとき、タイミングよく私の傍にやってきた航太がオレンジを指差したので、箸で摘《つ》まんで口元に持っていく。

「はい、あーん」

あーん、と言う前に航太は大きく口を開いている。

もぐもぐと食べて、もう一度オレンジを指差したので、また口元に運ぶ。

その間にグラスのお茶を飲んでいた姉は、溜息をついた。

「じゃあ、付き合ってる人がいるの？」

その質問に、久我さんの顔が浮かんだ。

でも私たちは本気で付き合ってるなんて仲ではなくて、かりそめの恋人関係だ。

「えっと……付き合ってるというか、なんていうか……そういうのじゃなくて……」

曖昧に濁す私に、姉はかっと目を見開いた。

なにしろ恋愛不信な上、異性と付き合ったことがない私に、男性の影が見えたら驚くだろう。

「そっかぁ。やっとさやかにもいい人できたかー。応援するからね」

「やかちゃん、おうえんすりゅからね」

二人から応援された私は微苦笑を浮かべ、健気な航太を、ぎゅっと抱きしめる。

私たちは、姉に説明できない曖昧な関係なのだ。

でも、久我さんとの関係を、諦めたくはない。

いつか、本当の恋人になれるかな……

「やかちゃん、くるちいの〜」

「あ、ごめんね。ぎゅっとやりすぎたね」

「ううん。もっかい、ぎゅうして」

無垢《むく》な瞳で抱きしめてほしいとねだる航太に、つんと鼻の奥が痛くなる。

「航太、大好きだよ」

「ぼくも、やかちゃんだいちゅき」

ぎゅうぎゅうに航太を抱きしめる私の横で、姉はいつの間にか冷蔵庫からビールを取り出していた。

「あ～、さやかがいると航太が甘えに行ってくれるから楽だわ」

一人で子育てをするのは大変なことなのだろう。姉を見ているとよくわかる。

仕事中でも子どもが熱を出したら保育園から呼び出されて迎えに行かないといけないし、自分が具合が悪いときに子どもの面倒を代わってくれる人もいない。私たちの実家は遠方にあるので、田舎の両親には頼れない。私ができる限り手伝っているけれど、私も会社員なので限界がある。

でも、それでも私は子どもが欲しい。

だけど、あえてシングルマザーの道を選ぶ……というのはどうなのだろう。

久我さんは、なんて言うかな……？

まだ妊娠したかもわからないから、久我さんに訊《たず》ねることではないのだけれど。

私と、家族になりませんか？　……なんて、おかしいかな。

ほんの少し切ない思いを抱きながら、和やかに食事を終える。航太がお風呂に入っている間にテーブルを片付けて、空になった保冷バッグを抱え、そっと玄関を出た。

明日も仕事なので、泊まっていくわけにもいかない。バイバイすると航太が泣いてしまうので、いつも姉と目配せをし、こっそり帰っている。

外に出ると、大粒の星が瞬いていた。

「綺麗……」

自転車のハンドルを押して、乗ろうとしたとき、メッセージの着信音が鳴った。

「忘れ物でもあったかな？」

姉だろうかと思ってすぐに確認すると、差出人は久我さんだった。

その名前と、彼からのメッセージを見た瞬間、私の心臓はどきんと跳ね上がる。

『星が綺麗だね』

短いけれど輝いて見えるそのメッセージを、私はしばらく見つめていた。初めてもらった、久我さんからのメッセージだったから。

彼も、この星空を見ているんだ。

『私も見ています。綺麗ですね』

私が返信すると、またすぐに彼からメッセージが届く。

『流れ星が見えたよ』

『なにかお願いしたんですか？』

『土曜日のデートが成功しますように』

ふふ、と思わず私は笑いを零《こぼ》した。

そういえば流れ星への願い事は、人に言ったら叶わないのではなかったか。

「あ……でも私が聞いたから、久我さんは教えてくれたのよね」

なんと返そう。成功を祈っています、なんて返事したら、他人事みたいだし……

迷っていると、アパートから航太の泣き声が聞こえてきた。お風呂から上がったら私がいないので号泣しているようだ。外に捜しに来たりしたらいけないので、早く帰らないと。

私はスマホをポケットに入れると、自転車に跨がり、星空の下でペダルを漕ぎ出す。なぜかいつもよりペダルが軽い気がする。

かつて文豪は、アイラブユーを『月が綺麗ですね』と翻訳したそうだ。

「でも久我さんのは、星だし……たまたまよね」

振り仰いで月を探したけれど、今宵は新月だった。月の姿は見えない。

自分のアパートに到着した私は、部屋に入るとすぐにスマホを確認した。

そこには久我さんから『おやすみ』というメッセージが届いていた。

私の返信が遅いので、眠ったと思われたようだ。

「おやすみなさい……」

スマホを握りしめて、私は小さく呟く。

このまま眠ったふりをさせてもらおう。明日の『おはよう』には必ず返信しようと、私は心に誓った。

翌日から毎日、私と久我さんは『おはよう』『おやすみ』とメッセージを交わした。その合間に、土曜日のデートについての相談もメッセージでやり取りする。

もちろん会社では私的な会話はしない。

だからか、村木さんたち女性社員は、私に意味ありげな視線を送ってくる。とはいえ、誰からもなにか言われることはなかった。

変わったことと言えば、久我さんが、社食では必ず私の隣に座るようになった。

二人で黙々と食べているだけで、特に会話はない。メッセージでやり取りしているので、私的な話をする必要もなかった。

なにより、近くの女性社員たちが聞き耳を立てているようなので、非常に気まずく、挨拶くらいしか交わせないのが実情だ。

「ごちそうさま。では、お先に」

「はい。おつかれさまです」

先に食べ終えて席を立った久我さんに、事務的な返答をする。

私はお茶を飲みながら、小首を傾げた。

あまりになにも変わらないので、会社にいて仕事をしていると、久我さんとのことは全部夢だったのでは……？　という気がしてきてしまう。

「夢だったのかなぁ……」

スマホのメッセージには履歴が残されていて、見返すたびに浮かれてしまうのだけれど、会社での久我さんはやはり職場の厳しい上司という雰囲気なので、果たして本人が書いたメッセージなのかと訝《いぶか》ってしまう。

メッセージのフォントは当然画一的で誰からのでも同じなので、余計にそう思えてしまうのかもしれない。

私はそっとスマホを取り出したが、後ろを村木さんが通りかかったのに気づき、ニュースアプリを開いた。

本日のニュース一覧を見ると、すぐにスマホをしまい、トレーを持って席を立つ。

なんだか村木さんを含めた女性社員たちから監視されているように感じるのは気のせいだろうか。

「久我さんの宣言があってから、みんなピリピリしてるのよね。あの氷の緊迫感はどうにかならないかな」

トレーを片付けて社食を出た私は、誰もいない廊下で独りごちた。

「俺が、なんだって？」

はっとしたとき、私の目の前に強靭な腕が伸びた。

瞬く間に、壁に両手をついた久我さんに囚われてしまう。

「久我さ……久我部長！　こんなところで……」

「誰も来ないよ。というか、見られても別にかまわない」

「私は困りますよ」

「なぜ困るんだ？　俺たちは恋人同士だろう」

「久我部長がそんなこと言うから……」

チュ、と柔らかな唇で、続く言葉を塞がれる。

突然のキスに、私は呆然とするしかなかった。

真摯な双眸《そうぼう》で私を射貫《いぬ》いた久我さんは、ゆっくりと低い声音で囁《ささや》く。

「きみは俺のものだから、こうやって確認のためにキスをする。いいね？」

「えっ？　ええと……あの……」

「返事は？　ただし、『はい』しか認めない」

「……はい」

社内なので人が来たら困る。私はひとまず頷いた。

なんという肉食溢《あふ》れる傲慢さだ。紳士的だと思っていた久我さんの意外な一面を垣間見た気がする。

……でも、嫌いじゃないから困ってしまう。

彼は端麗な笑みに意地悪さをのせた。

「いい子だ。水族館デート、楽しみにしてるよ」

耳に甘い声でそう吹き込まれる。去り際に、耳朶《じだ》をかじられた。

息を呑んで耳元に手をやると、久我さんはするりと私を解放して去っていく。

彼がいなくなったあとも、その場を動けなかった。

「……久我さんったら、もう……紳士の皮を被った猛獣みたい」

どきどきと、鼓動が高まる。

――夢じゃない。まぼろしでもない。

久我さんは本当に私とデートをする気なのだ。

契約上の、かりそめの恋人なのに。

どうしよう、と戸惑うけれど、嬉しくてたまらない。

じいん、と熱くなった耳朶《じだ》を、私は懸命に冷たい指先で冷やして、自分の席へ戻り仕事に取り掛かった。


――そして、ついに土曜日がやってきた！

今日は久我さんと水族館デートの日。

緊張してあまり眠れなかった私は、朝から鏡の前でデートのために買った服を着て、くるくると回っていた。

ブルーの膝丈のスカートに、白のパフスリーブのトップス。初デートらしく、爽やかで露出しすぎない、かつ動きやすい服をセレクトしてみた。

普段着るのはジャージやスウェットばかりだから、こんなにおしゃれするなんて久しぶりかもしれない。

久我さんにはスーツ姿以外を見せたことがないが、彼は今日の私の姿を見てどんな反応をするだろう……褒めてくれるかな？

なにしろ、男性とデートなんて初めてなのである。

浮かれて胸の鼓動が高まりっぱなしだ。

久我さんとは正式な恋人というわけではないけれど、せっかくのデートなので楽しむほうがいいだろう。

鏡を見て、緩いウェーブの髪を整えた私は、最後に小ぶりのバッグを斜めがけにした。もう一つの荷物である小さな保冷バッグも忘れずに持ち、時計を見る。

「も、もうこんな時間！」

鏡を見ていたら、家を出る時間になっている。

慌てて戸締まりをしてからアパートを出て、待ち合わせ場所へ急いだ。

「どうしよう……緊張で、どきどきが止まらないよ」

胸に手を当てながら道を行くと、やがて待ち合わせ場所である駅が見えてきた。

そのとき、すっと一台の車が歩道に寄せてきた。

ふと視線をやると、助手席側のウィンドウが開く。

「さやか、おはよう」

「久我さん！」

純白のポロシャツに身を包んだ久我さんは、爽やかな笑みを見せる。

待ち合わせ場所と時間はメッセージでやり取りしていたけれど、まさか久我さんが車で来るとは思わなかった。駅で待ち合わせて、電車で向かうと思っていた。

「おはようございます。もしかして……車で行くんですか？」

「そうだよ。あの水族館へは車のほうが行きやすいからね。さあ、乗って」

車での移動と知って、私の脳裏に嫌な思い出がよみがえる。

けれど行き先は水族館と決定しているわけだし、久我さんは私を無闇に連れ回したりしないはずだ。

「それじゃあ、失礼します」

彼を信用して助手席側のドアを開け、車に乗り込んだ。

ふわりといい匂いが鼻腔を甘く掠《かす》める。

車用のフレグランスは置いていないようだが、なんの香りだろうか。

……久我さんの匂いなのかな。

どきどきしながら、シートベルトを着ける。久我さんはハザードランプを消してギアを入れると、アクセルを踏んだ。

「助手席に乗せたのは、さやかだけだから安心して」

「は、はい」

彼がわざわざそんなことを言ったのは、やはり私が以前騙されたことで、車での移動に抵抗があると見抜いているからだろう。

互いに酒を呑んだときの会話だったのに、久我さんはよく覚えている。

「あの……私がした昔のドライブの話はもう忘れてください……。私も忘れたいです」

「そうだね。さやかに俺のことを信用してほしくて、つい言ってしまった。許してほしい」

「謝らないでください。久我さんが悪いわけじゃないんですから」

「さやかは優しいね……。今日の服、とても似合ってるよ」

褒められて、かぁっと私の顔が熱くなる。

デートではどんな服装が適切なのか、久我さんはどんな服を着てくるのか、などいろいろと悩んだ上でのセレクトなので、褒められて本当に嬉しい。

「久我さんも、素敵です。なんだかスーツとは印象が変わりますよね。すごく柔らかく感じます」

それに彼の服も白なので、おそろいみたいだ。

久我さんが前を向いてハンドルを操作しながら、微笑みを浮かべた。

「いつもの鬼上司には見えないかな？」

「見えません。王子様みたい」

私が率直な感想を漏らすと、プッと久我さんは噴き出した。

「な、なにか私、変なこと言いました？」

「いやいや……俺が王子なら、さやかはお姫様だな」

「お姫様だなんて……」

「一日お守りするよ、俺の姫」

久我さんの冗談に胸がどきどきして、息の仕方を忘れてしまう。

顔を熱くした私は、それを隠すように俯いて、ようやく小さな声で言った。

「よろしくお願いします……」

「もちろん」

車は大通りに出て、目的地へ向かって順調に走行する。

天気がよく、青空が広がっていた。明るい陽射しの中なので気持ちも晴れていく。

ずっと心の奥にこびりついていた、あの日の深夜の車内が醸し出す陰鬱さは薄れていった。

気持ちのよいドライブの半ばで、私は保冷バッグを開けた。

「久我さん、喉が渇きませんか？　レモネードを持ってきたんです」

「おっ、さやかの手作り？」

「そうです。カフェで気になってたみたいだから、飲んでもらおうと思って持ってきました」

飲みやすいように市販のドリンクカップにたっぷり注いで、ストローも添えてある。

彼はすでにドリンクホルダーを下げて、準備は万全である。

蓋にストローを差し込み、信号待ちのときに手渡すと、ほんの少しだけ互いの指先が触れた。

そうすると私の心臓は、とくんと跳ねてしまう。

久我さんの指先はとても熱かった。

渡したのを確認すると私は素早く手を引いて、保冷バッグの持ち手をぎゅっと握る。

「飲みたいと思ってたんだよ。いただきます」

「どうぞ。お口に合えばいいですけど……」

姉や航太はいつも私の料理を美味しいと言ってくれるけれど、久我さんはどうだろう。

男性に手作りの料理や飲み物を披露したことなんてないので、反応が怖い。

ストローからレモネードを啜《すす》った久我さんは、一つ息を吐いた。

「ああ、なんて美味しいんだ。甘さとレモンの酸味が絶妙に絡み合ってるね」

美味しいという評価を得て、ほっと胸を撫で下ろす。

安堵した私は自分の分のドリンクカップを取り出し、ストローを差して飲んでみた。

レモネードの濃い味がしっかり出ている。

家では氷を入れて飲むことも多いのだけれど、味が薄まってしまう。今回は氷を入れないで正解だったようだ。

「よかったです。氷を入れてないので薄まりませんから、味は変わりませんよ」

「なるほど。実は自分でも作ってみたんだけど、うまくいかなかったんだ。ただのレモン水みたいになってね。氷を入れすぎたのかもしれないな……」

「そうかもしれないですね。少し濃いめに作って、グラスで飲むときに氷で調節したらいいと思いますよ」

「アドバイス、ありがとう。次はそうしてみるよ。さやかは料理も上手なんだろうね。いいお嫁さんになる」

「そ、そんな……上手なわけじゃないですよ、ふつうです……」

久我さんが『いいお嫁さんになる』なんて言うものだから、結婚を意識してしまう。私が誰かと結婚するなんて、あるわけないのに。

姉と航太に同じことを言われたときは、なんとも思わなかったのに、どうして久我さんに言われたら、とても気になってしまうのだろう。

ふと、運転する久我さんの横顔を見る。

……もし、久我さんと結婚したなら……

想像しかけて、慌ててかぶりを振る。

ううん、あるわけない。私たちはかりそめの恋人なのだから。

けれど否定しながらも脳裏には、純白のウェディングドレスを着て微笑む私と、隣に立つ旦那様の姿が浮かんだ。

そんな幸せな未来があっても、素敵かもしれない……

爽やかなレモネードを啜《すす》りながら、その旦那様が久我さんだったら……と考えては打ち消し、また想いを膨らませては頬を緩めた。


一時間ほどで、目的地の水族館へ到着した。

駐車場は親子連れが目立つ。私たちも車から降りると、広大な駐車場を抜けてチケット売り場へ向かった。

「大人二人です」

窓口に向かってそう告げた久我さんは財布から札を取り出す。私も慌ててバッグを探った。

「あ、自分の分は出します」

すると、久我さんは軽く手を挙げて制する。

「デートだから、男に花を持たせてほしいな。友人だったら割り勘でいいけどね」

さらりと格好いいことを言う久我さんに、受付の女性が微笑んでいる。私ははにかんでしまった。

「それでは……お願いします」

「喜んで。俺のお姫様」

私にチケットを渡す久我さんには、いっさいの照れがない。お姫様なんて呼ばれると、嬉しくて恥ずかしくて、困ってしまう。でも、やっぱり嬉しい。

私はチケットで緩んだ口元を隠した。

すぐ隣の入場口でチケットを提示し、館内に入場する。

館内は自由に見て回れるようだが、とりあえず順路通りに回ることにした。

屋内の大水槽ではサメやエイが回遊している。その雄大さに圧倒された。続いてこぢんまりとした水槽が並ぶコーナーには、小さな珍しい魚が展示されている。

手すりに手をかけて水槽を覗いていると、ふと背中に温かさを感じた。

振り向いた私は、久我さんがすぐ傍にいることに、目を瞬かせる。

「あ、あの……」

「ん？　さやか、どうしたの？」

久我さんが、私の背後にぴったりくっついて、覆い被さるようにしていた。彼は私の体を囲うようにして、手すりを掴んでいる。

まるで久我さんの腕の檻に閉じ込められているようだ。

こんなに密着していたら、私の鼓動が伝わってしまいそうだった。

「この魚に興味あるの？」

それにもかかわらず、久我さんは平然と話しかける。

「は、はい。熱帯魚みたいで綺麗だなと……」

「この魚も綺麗だけど、きみのほうがもっと綺麗だな」

「ななな、なにを言ってるんですか！　もう……」

プライベートの久我さんはこんなに恥ずかしい台詞を、さらりと言える人だったのだ。

恥ずかしいけれど、でも嬉しくて、どう反応したらいいのかわからない。

「あの……久我さん。この体勢は恥ずかしいんですけど……」

「そう？　じゃあ、手をつなごうか」

私を腕の檻から解放した久我さんに、すっと手を取られる。

久我さんの手はとても熱かった。心がほっとする。

私たちは手をつなぎ、ともに水槽を見て回った。

「すごいね。タコってこんなに大きいんだ」

「美味しそうですよね。マリネとか」

「ははっ。その感想は、料理好きなきみらしいな」

楽しく会話しながら屋内の展示を見終えて、屋外へ出る。

半屋外のスペースでは、イルカショーを行《おこな》う観覧場と、ペンギンやビーバーなどの生物が展示してあるコーナーに分かれていた。子どもたちがたくさんいるので、賑やかで楽しい雰囲気が広がっている。

久我さんは時刻表のような看板を見て、観客でほどほどに埋まっている観覧場を指差した。

「せっかくだから、イルカショーを見ていこうか。次の公演は十分後だから、すぐだね」

「そうですね。私も見てみたいです」

子どもの頃、親に水族館へ連れてきてもらったことはあるけれど、イルカショーを見るのは初めてだ。チケットなどは必要なく、入場者なら自由に観覧できるらしい。

手をつないだ私たちは親子連れの間を縫って、席を探した。前から三列目の席がちょうど二つ空いていたので、そこに腰を落ち着けた。

二つ前の座席のすぐ傍にイルカの泳ぐ深いプールが半円形に広がっており、その向こうにステージがある。スタッフが忙しく行き来している姿が見えた。やがて満員になった場内の観客は公演が始まるのを待ちかねている。

私の胸は、どきどきと脈打った。

それはイルカショーへの期待だけではなかった。

席に座っても、久我さんはつないだ手を離さないのだ。

ずっと握っていられたら、私の心臓がもたない。

すると、隣の久我さんが大きく深呼吸しているのが見えた。

「久我さん……もしかして、緊張してるんですか？」

「ちょっとだけ、ね。実はイルカを間近で見るのが初めてなんだ。プールに影が見えてるけど、かなり大きいんじゃないか？」

「そうみたいですね。私もイルカショーを見るのは初めてなので、座席とプールがこんなに近いなんて知りませんでした」

柵などはないので、プールからイルカが飛び出してきたら、観客にぶつかりそうである。もちろんそんなことにならないよう訓練してあるのだろうけれど、とても迫力のあるショーになりそうだ。

そのとき軽快な音楽とともに、スタッフの女性がステージに現れた。

彼女のかけ声に合わせ、次々とプールからジャンプしたイルカたちが弧を描く。そのたびに大きな歓声が起こった。

ざばりとプールから上がったイルカが、いやいやをして体を振るコントが披露されると、大いに場が湧く。久我さんは私の手を、ぎゅっと握った。

全身を晒したイルカはかなりの巨体である。それが私たちの席に近いスペースにいるものだから、久我さんは驚いたのだろう。

ところがイルカが華麗な回転でプールに戻っても、久我さんの手は緩まなかった。

私は小さな声で囁《ささや》く。

「久我さん、もう大丈夫ですよ」

彼は微笑を浮かべると、私の頬にキスしそうなほど顔を近づけてきた。音楽が大音量なので、相手の声が聞こえにくいのだ。

「もう少し、ぎゅっと握らせて」

私は頷いた。ショーはまだ続くので、手を離したら心許ないのかもしれない。私はしっかりと握りしめられた手に、もう片方の手を添える。そうすると、久我さんもその上に自らの手を重ねてくれた。

私たちは握られた互いの手を二人で守りながら、ショーを見学する。

天井から吊り下げられたボールを、大ジャンプしたイルカが尾びれで蹴ると、大きな拍手と喝采が起こる。

最後にイルカたちの連続ジャンプが披露され、波のような水飛沫《しぶき》が客席にかかった。私たちもほかの観客とともに、笑いながらずぶ濡れになる。

そうしてフィナーレとなり、スタッフとイルカたちに手を振られてショーは終了した。

私は取り出したハンカチで久我さんの濡れた顔を拭きながら、頬を綻《ほころ》ばせる。

「楽しかったですね。イルカがあんなに格好よかったなんて知りませんでした。惚れそうです」

そう言った直後、目を眇《すが》めた久我さんは、ハンカチを持った私の手を掴んだ。

「なんか、嫉妬してしまうな」

「えっ!? そ、そんなんじゃないですよ。久我さんとイルカは同じほ乳類ですけど、比べる対象ではないというか……」

くつくつと笑った久我さんは、今度は自分のハンカチで私の濡れた髪を拭いてくれた。

彼のハンカチから、ふわりと柑橘系の香りが漂う。

久我さんの匂いも、彼の優しい手つきも、とても心地よく感じた。

「好きだよ」

「……え」

ふいに真摯な双眸《そうぼう》で、一言告げられた。

周りの喧噪が遠ざかり、視界は切り取られたように久我さんしか見えなくなる。

好き……って、私を……？

唐突に囁《ささや》かれた言葉に胸を掻き乱される。それなのに、ふわふわと心が浮き立つのはなぜだろう。

愛しげに目を細めた久我さんは、呆然としている私に言った。

「髪が濡れたな。少し風に吹かれて乾かそうか」

「そ、そうですね」

私は、急速に現実に引き戻された。

もしかしたら、イルカが好きという話だったのかもしれない。

私は手にしていたハンカチをしまい、濡れた髪を手ぐしで直しながら、席を立つ。

公演を終えたイルカたちはプールから頭だけを出して、ゆるりとボールで遊んでいた。

屋外でペンギンを眺めながら海風に吹かれていると、私の髪がさらりと風になびく。もう乾いたようだ。

「そろそろ食事にしようか。お腹が空いてないか？」

「そうですね、そろそろ空いてきました。下のフードコートに行きましょうか」

階段を下りて一階へ行くと、土産物屋の隣にフードコートがあった。

フードコートは社食に形式が似ているので、親近感がある。二人とも、きつねそばをオーダーして、社食と同じように隣に並んで、そばを啜《すす》る。

「どうにもいつもの習慣が抜けないな。社食みたいだ」

「ふふ。私もそう思ってました」

和やかに昼食を済ませると、一階に展示してある水槽を見て回る。

マンボウなど、有名な魚を見学しては感想を言い合う。

「マンボウってすごく人きくて薄くて、動きがゆっくりなんですね。不思議な魚です」

「弱肉強食の海で生き残るために、たくさんの卵を産み落とすらしいよ」

「そんなに子だくさんなら、子育てが大変そうですね」

「え……うん、そうだね」

久我さんは苦笑いしている。

そして彼はまた、さりげなく私の手を握った。

「もしもの話だけど、さやかは子どもは何人欲しい？」

「えっ!?」

突然の話題に驚いてしまう。

子どもが何人欲しいかなんて、考えたこともなかった。

私にはそんな選択をする機会なんて、訪れないと思っていた。仮に妊娠してシングルマザーになるとしたら、子どもは一人で精一杯だろう。

だけどもしもの話なので、過剰に反応するのもおかしいかもしれない。

「そ、そうですね。じゃあ私は三人くらいかな……」

笑いながらそう返すと、久我さんは目を細めて私を見ていた。

やがてすべての展示を見終え、そろそろ帰ろうかという時間になる。

順路に従って出口へ向かい、フードコートの隣にある土産物屋の前を通った。クッキーの箱やぬいぐるみなど、たくさんの商品が陳列してある。

「ちょっと待ってて。気になるものがあるから」

「わかりました」

久我さんは土産物屋に入っていった。私は通路側のカプセルトイに群がる子どもたちを眺める。

どうやらカプセルには、いろんな魚の小さな模型が入っているようだ。

「航太のお土産に、一回だけ引こうかな」

三百円を投入して、ハンドルを回す。

すると、ころんと丸いカプセルが出てきた。カプセルを開けると、出てきた模型はタコだった。

妙に形がリアルである。

「よりによって、タコ……。やっぱりマリネしか思い浮かばないなぁ」

カプセルを傍のカプセル専用ゴミ箱に入れて、タコの模型をポケットにしまう。今度会ったとき、航太に渡してあげよう。

そう考えながら辺りを見回し、久我さんの姿を捜す。

すると彼はちょうど会計を終わらせて、こちらへやってくるところだった。

「お待たせ。はい、これ」

彼の手には、イルカのぬいぐるみがついたキーホルダーが、二つあった。

そのうちの一つを、久我さんは私に手渡す。

「えっと……これは……」

「レモネードのお礼だよ。今日の思い出になるものが欲しいと思ってね」

――思い出になるもの……

そう聞いた私の胸が、レモネードを飲んだときよりも、甘く酸っぱい想いで占められた。

今日という日は二度と帰ってこない。デートも、これで終わりなのだ。

でも、楽しかった。

かりそめの恋人ということも忘れて、久我さんと本物の恋人のように楽しく会話して、手をつないで、触れ合えた。それだけで充分だった。

私は切ない想いで、イルカのキーホルダーを握りしめる。

「ありがとうございます。じゃあ、思い出の品として、いただいておきますね」

「うん。俺は車のキーにつけようかな。いつでも目に入るようにね」

久我さんとおそろいのものを持てるなんて嬉しい。ぬいぐるみのイルカは可愛らしく笑っていた。

私は……このイルカみたいに笑えているかな？

寂しそうな顔してないかな？

少しだけ俯きながら出口のゲートを通り、外へ出る。

すでに西日が眩しい。楽しい時間はあっという間だ。ほかの観客たちの駐車場に向かう流れに、私たちも加わる。

車に乗り込むと、さっそく久我さんはイルカのキーホルダーを鍵につけていた。

彼が揺らしたイルカを見て、ほっとする。

どうか、そのぬいぐるみが長く彼の傍にいますように。

祭りのあとは物悲しさが漂う。

けれど車を運転する久我さんは満足げに微笑んで言った。

「楽しかったな。今度は映画なんか、どうだい？」

「え……こ、今度ですか!?」

久我さんが次回のデートについて提案したから、思わず驚いてしまった。

かりそめの恋人なのだから、この一回きりだとばかり思い込んでいたけれど、次もあるというのか。

「うん。このあととなると、さやかも疲れているだろうし……それとも、これから映画を見るかい？」

「い、いいえ。今度でいいです……」

今度という言葉に驚いた私に、誤解した久我さんは、これから映画を見てもよいと言う。

でも、もしかしたら社交辞令かもしれない。

期待してはいけないけれど、もし久我さんとまたデートできたら、すごく幸せだ。

やがて辺りは薄暗くなり、車が最寄りの駅に到着する頃には夜の帳《とばり》が下りていた。

「家まで送るよ。さやかの家はどこ？」

「あの、この辺りでいいです。古いアパートだから、恥ずかしいので」

「気にしなくていいよ。……それとも、俺に家を知られるのは、嫌かな？」

「……そんなことはないんですけど」

なんとなく、おじけづいてしまう。

久我さんは会社の上司で、家を知られてもなにも危険なことなんてないとわかっているけれど、私の胸のうちで男性への不信感がどこか拭えない。

ふとしたことで、つまらないトラウマが顔を出すことに、落ち込んでしまう。

せっかく送ってあげると言ってくれているのに、それを断るなんて申し訳なく思いながらも、私は微笑んだ。

「少し、歩きたいんです。考えごとがあるので」

「そうか。わかった。この近辺は街灯があるから大丈夫だと思うけど、夜道に気をつけるんだよ。なにかあったらすぐに俺に連絡するんだ」

「大丈夫ですよ。すぐそこだから」

朝、待ち合わせしたところと同じ場所に着いたので、久我さんは車を歩道に横付けして停車した。

今日は、楽しかった……

そう言って車を降りればいい。

ほんの少しの名残惜しさが胸を掠《かす》めた、そのとき。

なぜか久我さんが、カチリとシートベルトのバックルを外した。

すぐに彼の体が覆い被さってきて、街灯の明かりが遮られる。

「あ……」

雄々しい唇が、重なり合う。

熱くて、柔らかくて、蕩《とろ》けるようなキスだった。

ややあって唇が離れると、久我さんの真摯な双眸《そうぼう》が私を見つめる。

はっとした私は、慌ててシートベルトを外すと、彼の腕の中から逃れて車のドアを開けた。

「そ、それじゃ……」

逃げるように駆け出して、車から離れる。

混乱して、なにも考えられない。

息を切らして走り、アパートの部屋に帰り着いた。

日常に戻ってきた途端、私は重い溜息をつく。

「ああ……失敗した……」

どうして逃げてしまったんだろう。久我さんは不快な思いをしたに違いない。

ファーストキスでも、処女でもないのに、どうしてあんなに久我さんのキスに困惑してしまったのだろう。

照明もつけないで靴を脱ぎ、床にへたり込む。

そのときスマホから、メッセージが届いたことを知らせる着信が鳴った。

久我さんからだった。

『無事に家に着いた？　さっきは驚かせてごめん』

私を気遣う優しい文章に、泣きたくなってしまう。

私はすぐにメッセージを返した。

『無事に着きました。さっきのは、突然だったので驚いただけです。すみませんでした』

『そうか、心配したよ。今日は楽しかった。またデートしよう』

メッセージのやり取りをして、ほっと胸を撫で下ろす。

また久我さんとデートする機会があるということが、私のよすがのように思えた。

「私も楽しかったです。おやすみなさい……と」

久我さんにメッセージを送って、私はようやく部屋の照明をつける。

そこで初めて、車に忘れ物をしたことに気がついた。

「あっ。保冷バッグを忘れてきた……」

レモネードが入っていたドリンクカップを飲みきって捨てたあと、空の保冷バッグを畳んで座席の隅に置いていたのだった。突然のキスで驚いたせいか、持ってくるのをうっかり忘れてしまった。

ピロン、と軽快な音が鳴り、久我さんから『おやすみ』とメッセージが届いた。

彼はこれから運転して家に帰るところだろうから、今から忘れ物のことを伝えては煩わせてしまう。保冷バッグは、そのうち返してもらおう。

私はお土産にもらったイルカのキーホルダーを取り出した。

ぎゅっと胸に握りしめて、今日一日を反芻《はんすう》する。

「私……久我さんのこと、好きなんだな……」

切ない思いに、きゅうと心臓が引き絞られるような感じがする。

私はまるで孵化を待つ親鳥のように、手にした思い出の品を温め続けた。


明けて月曜日に出社した私は、どんよりとした気分で俯いていた。

原因は、月経が訪れたことである。

つまり久我さんとの一夜では妊娠しなかった、ということだ。

どうやら排卵日でないと妊娠する可能性は高くないらしい。一か月のうち、排卵日の二日前くらいがもっとも妊娠する確率が高い日で、妊娠を望むならその時期にセックスするべき……とネットの情報にあった。

ただ、セックスしたのが排卵日頃ではないから妊娠しない、というわけでもなく、様々な情報が溢《あふ》れていて、どれが正しいのかわからない。

とにかく、今回妊娠していなかったということだけは確かである。

がっかりしたような、ほっとしたような……複雑な気持ちだ。

「まあ、当てずっぽうなんてだめってことよね……でも期待していなかったわけじゃないし……もしかしたら、なんて……」

生理痛に耐えながらデスクでぶつぶつ呟いていると、ぽん、と頭に柔らかいものが乗った。

え、と思って振り向くと、爽やかな微笑を浮かべた久我さんが私の頭に手を置いていた。

「おはよう。なんだか落ち込んでるな。どうした？」

「く、久我さん……！　ではなく、久我部長。おはようございます。別に落ち込んではいませんけど……」

「元気出せよ」

頭を優しく撫でる久我さんに、ほんのりと心が温まった。

彼は私の頭から手を離すと、折り畳んだ保冷バッグをデスクにのせる。

「あ、これ……」

「お姫様の忘れ物だ。ガラスの靴じゃなかったけどな」

久我さんの冗談を聞くと、月曜日になっても魔法は解けていなくて、水族館デートの楽しさが継続しているような気がして、私は頬を緩めた。

久我さんは、まだ私を恋人として扱ってくれる。彼の優しい態度が変わらないのが、なにより嬉しい。

このまま温かい時間を過ごしたかったが、あいにくすぐに朝礼となってしまい、私は引き出しに保冷バッグをしまって席を立った。久我さんも表情を引きしめて、いつも通り部長として朝礼の挨拶をする。

その最中、ふと視線を感じて目をやると、村木さんがこちらに鋭い目つきを投げていた。

なんだろう、と心の中で首を捻る。

朝礼を終えてデスクへ戻ると、今度は一転してにこやかな笑みを浮かべた村木さんが、書類を手に近づいてきた。

「ねえ、吉岡さん。ちょっと急ぎの書類があるんだけど、手伝ってくれない？」

「あ……えっと……私も新規の仕事で手一杯でして」

「そんなこと言わないで、お願いするわ。吉岡さんなら、すぐ終わるでしょ」

手が空いているときならともかく、今は自分の請け負っている案件が重なっており、午後には打ち合わせも入っている。とてもじゃないがほかの作業を入れる余裕がない。

しかし村木さんは今すぐといった調子で頼んでくる。彼女は私の後輩ではないし、私は教育係でもないので、本当は手伝う義理はないのだけれど。

どうしようと困っていると、部長のデスクから険しい声が飛んできた。

「村木さん。朝から人に仕事を頼むとは、何事だ」

「でも、急ぎなんですよ。いつも吉岡さんに頼んでいるので大丈夫です」

村木さんが釈明すると、久我さんは厳しい顔をした。

「吉岡さんはきみのチームリーダーではないし、教育係でもない。仕事を頼むのなら、まずはきみのチームの人に依頼するのが筋ではないのか。その前に自分の仕事量を正確に把握したまえ」

「……はい。わかりました」

悔しそうに唇を噛んだ村木さんは、ぐしゃっと書類を握り潰した。彼女は私に背を向けて、自分のデスクへ戻っていく。

久我さん、もしかして私が困っているのを見て、助けてくれたのかな……

とはいえ彼の発言は至極当然のことなので、私を特別扱いしたわけではない。

だけど度々無茶な仕事を頼んでくる村木さんには困っていたので、久我さんの対応はありがたかった。

そんなこともあり、私は憂鬱な月経の期間を、仕事に集中することで乗り越えられた。


――そして、次の土曜日がやってきた。

久我さんとはすでに、今日は映画デートということで、話がまとまっている。

水族館に行ったときの約束は社交辞令ではなかったのだ。

私は先週と同じようにおしゃれをして、鏡の前でくるくると回る。

けれど今日は浮かれた気分ばかりではいられなかった。

久我さんに、妊娠していなかったことを伝えなければならない。メッセージでは言いづらいし、直接伝えなくてはと思っていたのだが、会社では込み入った話をするわけにもいかなかったのだ。

「もしかして、妊娠していなかったから、恋人契約も終わりっていうことになるのかな……」

そもそもこの恋人契約は、いったいいつまで、どういった条件で続けられるのだろうか。

それをはっきり久我さんに確かめるのが、怖い。

けれど妊娠していないというのは事実なのだし、あまり時間が経過すると彼も疑問に思うだろうから、きちんと伝える必要がある。

大事な話なので、今日のデートのどのタイミングで打ち明けたらいいだろうかと悩む。

「と、とにかく、まずは映画デートを楽しまないとね」

私はコルクボードに飾ったイルカのキーホルダーに微笑みかける。

久我さんとの思い出の品だから、大切に飾って毎日眺めていた。

今日は電車で移動しようというメッセージを、あらかじめ久我さんからもらっている。私の服装は動きやすさを重視して、ドルマンスリーブのカットソーにカプリパンツだ。でも足元はラメの入ったピンクのサンダルにしてみた。それに、かごバッグを持つ。

今日は映画館に行くので、先週のドライブデートのときのようにレモネードを持っていくのはやめておこう。

また保冷バッグを忘れても困るしね……。

「それじゃあ、行ってきます」

誰もいないけれど、イルカに挨拶してから部屋を出る。待ち合わせ場所は前回と同じ駅前だ。私の住んでいるアパートからは歩いて十分程度で着く。

駅が見えてくると、人待ち顔で佇《たたず》んでいる背の高い男性がいた。久我さんだ。彼の姿を捉えると私の心は弾む。

私を見つけた久我さんが、手を挙げながら走り寄ってくる。

「さやか。そんなに慌てなくて大丈夫だよ。サンダルなんだから、転んだら大変だ」

「平気です。お待たせしました」

息を整えつつ、久我さんに笑みを見せる。

今日の久我さんは白のスラックスに、ブルーのシャツだ。彼の爽やかな微笑みとよく似合っている。

「心配だな。転ばないよう、手をつなごう」

手を取られて、ぎゅっと握りしめる。

この間もずっと手をつないでいたのに、今回もだなんて、まるで本当の恋人同士みたい。

照れた私は頬を熱くさせた。

初夏の陽射しの中でも、久我さんの温かい手は心地よく感じる。

「今日は電車の移動にしたけど、平気かい？」

「はい。映画館やその周辺を見るなら電車のほうが便利ですもんね。いつも満員電車に乗ってますから、慣れてます」

もしかしたら久我さんは、私がドライブに抵抗があるのを察して、気遣ってくれたのかもしれない。

改札を通過して駅構内へ入り、目的地へ向かう路線の電車を待つ。

ところがどこかで大きなイベントでもあるのか、やってきた電車は満員だった。

「けっこう混んでますね」

「そうだね。でも三駅だから、すぐだ」

三駅くらいなら、満員電車でもどうにかなる。私はドア近くに体を滑り込ませた。

ところが次の駅では、乗り込む人がたくさんいて、車内はさらに混み合う。ぎゅうぎゅうに詰め込まれ、自分の手足がどこにあるのかわからないくらいだ。久我さんは近くにいるはずだが、見回しても見つからない。

と、そこへ、なぜか私の前に、大柄な男性がやたらと体を乗り出して迫ってきた。

なにやら男性は手を動かして、もぞもぞとしている。

私の下半身に当たりそうになるので、腰を捻って避けると、男性はいっそう体を寄せてきた。

え……まさか、痴漢？

声を出したいけれど、男性の動きは微妙に手が当たりそうなくらいなので、はっきり痴漢と断定できない。だけど男性は私を見下ろして、なにかを探るように手を蠢《うごめ》かせている。フーフーと鼻息が荒いのも恐怖を倍増させる。

助けて……久我さん……

この混み具合では久我さんだって動けないだろう。心の中で彼に助けを求めた、そのとき。

「失礼」

低い声を発した久我さんが人波を掻き分けて、私と男性の間に体を割り込ませた。

彼は私を守るように腕を上げて、私の体を囲い込む。

「この混雑では痴漢でもされないかと心配だ。俺の傍にいるように」

「は、はい」

久我さんに押しやられた大柄の男性は、そそくさと人波に紛れ込んでいった。

――守ってくれた。

私の胸が、きゅんと甘く鳴る。

タタン、タタン、と電車の車輪が規則的に鳴り響く中、目的地に到着するまで、久我さんは私を強靱な腕で囲い、守ってくれていた。


到着した駅を出ると、すぐに商業施設が見えてきた。映画館はこの施設の一角にある。

「映画なんて久しぶりだ。たまに、お一人さまで観ることはあるけどね」

「私にはその勇気はないので家で鑑賞してます。久我さんはどんなジャンルが好きなんですか？」

私たちは自然に手をつないで、映画館に足を踏み入れた。

混雑している場内には、映画のチケットを求める人々の列ができている。入場口の隣にはポップコーンや飲み物を販売するカウンターがあった。

「そうだな……つい話題作だとか、ヒット作と銘打った作品を観てしまうな。我々の業界とはまったく違うジャンルだが、売れるものにはなんらかの理由があるから、ヒントがあるかなと思うんだよね」

「じゃあ今日は、話題作を観ましょうよ」

「そうしようか。これなんかどう？」

久我さんは場内に貼ってあるポスターを指差した。

二人の男女の周りに花が咲き乱れている、というシンプルなデザインのポスターだが、『全米ナンバーワンの話題作』という謳い文句が人目を引く。恋愛映画だろうか。

「いいですね。私も、これが観たいです」

「席は俺に任せてほしい。座りたいところがあるんだ」

「はい。私はどこでも——」

そのとき、ざわめく場内から甲高い声がかけられた。

「やかちゃん！」

はっとして振り向くと、航太がまっすぐにこちらを見ていた。彼の手を引いているのは姉の美代子だ。姉は驚いた顔をして、航太に引きずられてこちらへやってくる。

「さやか！　偶然ね。……あ、お連れの方？」

姉は微妙な笑みを浮かべて、私の隣にいる久我さんをうかがう。

私は久我さんと姉に、それぞれを紹介した。

「久我さん、私の姉の美代子です。——こちらは私の上司で、久我部長よ」

「あら。会社の部長さんなのね……」

遠慮がちだが、姉は探るような目で久我さんを見た。その視線の先の久我さんは、きりりと表情を引きしめた。

「初めまして。さやかさんとお付き合いさせていただいてます、久我凌河と申します」

「えっ、久我さん……！」

お付き合いしている、なんて、はっきり言っていいものか。

けれど会社の上司と休日に私服姿で映画館にいるのに、仕事だと言うわけにもいかない。

姉は表情を緩め、ほっとした様子を見せた。

「そうなんですか。妹をよろしくお願いします」

姉を騙してしまったみたいで複雑な気持ちになる。きっと姉は、私と久我さんがきちんとお付き合いをしていると思ったはずだ。

それまで黙って大人たちを見上げていた航太が、くいと私の手を引いた。

「やかちゃん。ぼくと『とんちゃんの冒険』みようよ」

すると、すぐさま姉が航太を私から引き剥がす。

「だめよ、航太。さやかお姉ちゃんはデートなんだから。とんちゃんはママと見るの」

「ふえぇ……」

姉に抱っこされて、私を求める航太の手が宙を掻く。航太は目に涙を溜め、くしゃりと顔を歪めた。

可哀想だけれど、今日は観る映画が違うので仕方ない。

「ごめんね、航太。今度、タコさんのお土産あげるからね」

「やかちゃん……ふぇ……」

姉は私に目配せすると、抱っこした航太の目線が変わるよう、くるりと向きを変えた。

「ほら、航太。とんちゃんのポップコーン買うんでしょ？　オレンジジュースもいる？」

「いりゅ……」

二人はカウンターへ移動していった。どうにか航太の機嫌を取れたようだ。

目を細めて見守っていた久我さんに、私は微苦笑を見せた。

「すみません。甥っ子は私に懐いているんです。まさか偶然会うとは思わなくて」

「可愛いね。あんな甥っ子がいたら、子どもが欲しくなるのもわかるよ」

「久我さんも……子どもが好きなんですか？」

「俺は兄弟がいないから、甥姪もいないんだ。小さな子と触れ合う機会がないから、これまでは子どもが好きかどうかは意識したこともなかったな。でも、航太くんに会って、意識し始めたよ」

そう言って笑った久我さんの笑顔は煌《きら》めいていた。

私……久我さんのことが好き……

彼と一緒にいると、気持ちが穏やかになって、笑顔でいられる。久我さんと話すことは、一つひとつが宝石みたいにきらきらして、貴重なものばかりだった。

なにより、久我さんが航太を見て、子どもに好感を持ってくれたのが嬉しかった。

姉と航太がゲートの向こうに消えるのを見守り、私たちもチケットを購入する。ポップコーンとドリンクも買って、トレーは久我さんが持ってくれた。

係員にチケットをもぎってもらい、私たちはゲートを通過すると、映画が上映されるシアターへ向かった。

該当するシアターに入ると、話題作とあってほとんどの席が埋まっている。

「ええと……席はどこなんですか？」

「あそこだよ。上のほう」

久我さんは軽々とトレーを持ち、空いたほうの手で後方の席を指差す。

「あ……カップルシート……」

「そう。俺たちはカップルだろう？」

当たり前のように言われると、嬉しくて恥ずかしくて、顔が熱くなる。

久我さんとソファに二人で座ることに、どきどきと胸が高鳴った。

この映画館のカップルシートは二人掛けのソファ席なので、ふつうの座席のように肘掛けがなく二人の間を仕切るものがなにもないのだ。ここに二人で座ったら、ぴったりと密着してしまうのではないかと思える。

小さなテーブルにトレーを置いた久我さんは、ソファの片側に腰を下ろす。

そして隣の空いているスペースを、ぽんぽんと手で叩いた。

「さやか。おいで」

「は、はい……」

そっと腰かけた私は身を縮める。久我さんの肩に触れないよう、できるだけ端に寄った。だって私たちは本当の恋人じゃないんだから。

するとと久我さんは、そんな私を見て瞬きを一つする。

ぐい、と彼は私の肩に手を回した。

「ひゃっ」

「くっついてるのは、嫌かな?」

久我さんの意地悪そうな顔を見るに、もしも「嫌です」なんて言ったら、さらに密着するつもりだろう。

「……恥ずかしいので、適切な距離でお願いします」

「わかった。適切な距離ね」

くつくつと笑った久我さんは、私の肩を解放した。

私は自ら望んだはずなのに、離れていった久我さんの手を残念に感じてしまう。

ところが映画が始まると、それどころではなくなってしまった。

恋愛映画だと思った話題作は、なんとサスペンス映画だったのだ。しかもかなりハードな内容で、殺戮シーンの連続に、喉から悲鳴が迸《ほとばし》りそうになる。恐ろしくて直視できない。

「ひいぃ……」

恐怖に駆られた私は久我さんの腕にしがみついた。

「怖がりだな。俺の手を握っているといい」

「は、はい」

大きな手を、ぎゅっと握りしめる。彼の胸に頭を寄せると、震える肩は空いたほうの手でしっかりと抱きしめられた。

それでもまた惨劇が起こると、声なき悲鳴を上げて、私は久我さんの胸に顔を埋《うず》めた。

久我さんは私を抱きしめながら、平然と映画を見ていた。


上映が終わると、私はげっそりとしながらゲートを通過する。

姉と航太が見ているアニメは上映時間が短いので、すでに終わっている。

こんなに憔悴《しょうすい》した姿を航太に見られなくて、よかった。

爽やかな笑みを見せている久我さんは、楽しそうに映画を振り返る。

「まさかあの人物が犯人だったとはね。意外だった」

「……そうですか」

ほとんど久我さんに抱きついて顔を伏せていたので、映画の内容が頭に入ってない。

私は作り物とわかっていても、殺人シーンなどは怖くて見られないタイプなのだ。

「適切な距離だとか言ったのにずっと抱きついて、すみませんでした……」

「気にすることないよ。俺は嬉しかったな」

「どうしてですか？」

「恋人にしがみつかれて嬉しくない男はいないよ」

そんなことを言われたら、私たちは本物の恋人なのかなと思い違いをしてしまいそうだ。

でも、嬉しい。

思い違いでもいい。ずっとこの時間が続けばいいのに、と私は切なくなった。

そのあと私たちは商業施設の中をぶらりと歩いて、ウィンドウショッピングをしたり、フードコートでランチを食べたりと、ゆったりした時間を過ごした。

その間も久我さんとずっと手をつないでいた。

つまり、先ほどのように知り合いと偶然会って、私といるところを見られてもかまわないということだ。

隠すことなんてなにもないという久我さんの堂々とした態度に、私の信頼感が増した。それに彼は痴漢から私を守ってくれた。

それまでどこか男性に対して一線を引いていたけれど、久我さんだけは、ほかの男性とは違うのだという思いが生まれていた。

ずっと、彼と一緒にいたい。

なんだか今日は帰りたくなかった。

時刻は夕方になり、商業施設のオブジェがライトアップされる。

久我さんは優しい声で、私に訊《たず》ねた。

「さやか。夕食はどうする？」

「あ……」

そういえば、と私は思い出した。

久我さんに、妊娠していなかった話をしなければならないのだった。フードコートやレストランなどでは込み入った話はしにくい。

迷っていると、久我さんが私の顔をうかがった。

「よかったら、俺の家に来ないか？　夕食だけでいい。さやかが嫌なら、なにもしないよ」

私を気遣ってくれる久我さんに、頷きを返した。

私も、帰りたくないと思っていた。夕食は彼の家にお邪魔しよう。

つないでいる久我さんの手を、きゅっと握りしめる。

「なにかあっても……いいんです」

「……さやか」

キラキラと光り輝くオブジェの前で、私たちはくちづけを交わした。

私たちの唇が、自然に惹かれ合ったから。

甘いキスは薄群青の空に瞬き始めた星よりも、神秘的だった。


久我さんのマンションは、私の最寄り駅から近い駅の近辺にあった。

マンションの駐車場には久我さんの車が駐車してある。さすが御曹司だけあって、低層ながらも豪華なマンションだった。

久我さんはロビーを通り抜け、部屋へ案内してくれた。

「一階なんだ。庭にハンモックを吊したくてね」

「ハンモック……。自宅でハンモックだなんて、すごいですね。リゾートみたい」

「そう。自然の風を感じるのがハンモックの醍醐味なんだよ。ところがね……」

言葉を切った久我さんは溜息をついた。

なにか不具合でもあったのだろうか。

重厚なドアの鍵を開けた久我さんは、私を室内へ導く。

「どうぞ、入って」

「お邪魔します」

室内はシンプルな家具でまとめられていた。一階の角部屋で庭付きなので、とても広く感じる。2LDKだろうか。

男の人の家になんて初めて入ったので、どきどきしてしまう。

しかもハンモックがあるなんて、ロマンでいっぱいだ。

「ハンモックを拝見してもいいですか？」

「それが……」

窓に近づいてみると、芝生の張られた綺麗な庭には、幹が折れた樹木が二本だけ植えられていた。

台風で倒壊したのだろうか。ハンモックの姿はなかった。

憂い顔で私の隣に立った久我さんは、庭を覗き込む。

「木にロープを括りつけてハンモックに乗ったら、幹が重量に耐えきれなくて折れたんだ……。それ以来、庭をどうしたらいいのかわからなくて放置してる」

どうやら久我さんは南の島で椰子の木に吊っているハンモックをイメージしたようだが、さすがにマンションの庭にそのような大木は植えられないだろう。

「庭に置く自立式のハンモックでは、だめなんですか？　あれならスペースさえあれば、木はいらないですよね」

「そういえばパイプで自立してるハンモックがあるね。よし、今度それを買ってみよう。届いたらさやかもハンモックを試してみてくれ」

「ぜひ、やってみたいですね。こんなに広い庭ならバーベキューもできそうです」

「いいね。そういう使い道があったのか……。家に誰も呼ばないから想像もできなかったよ」

庭でリゾート気分を味わえるなんて素敵だ。二人で夢を共有するのは、なんて心が弾むんだろう。

「ま、庭の有効活用は追々ということで……とりあえずは夕食だ」

久我さんがキャビネットから取り出したエプロンを私にふわりと投げたので、それをキャッチした。彼も自分のエプロンを装着している。

「簡単なものだけど作るよ。さやかはなにもしなくていいけど、服が汚れると困るからエプロンをしてくれ」

「私も手伝いますよ。ただ冷蔵庫チェックは許してくださいね」

「どうぞ。俺はそれなりに料理するから、水しか入ってないなんてことはないけどね」

手を洗ってまな板を用意する久我さんの横で、私は巨大な冷蔵庫を開けてみた。

庫内には様々な調味料のほか、ハムやチーズに、もやしやパプリカ、キャベツなどの野菜類も豊富に入っている。

「すごいですね。一人暮らしだと野菜は余りがちで腐らせることが多いですけど、大丈夫なんですか？」

「いや、よくだめにしてるよ。とくに、もやしとかはな……」

「だめにしちゃう野菜の筆頭ですもんね、もやしは……」

「そうそう。だから夕食はもやしを入れたチンジャオロースにしよう」

「それじゃあ、私はハムとチーズでちょっとしたおつまみを作りますね」

「いいね。頼むよ」

ふと冷蔵庫に、レモネードシロップが入った瓶を見つけて、ほっこりする。

自分の好きなものを相手が気に入ってくれるのは、こんなに嬉しいことなんだと初めて知った。

私は冷蔵庫からハムとチーズを取り出しながら、隣にいる久我さんに声をかけた。

「久我さんが作ったレモネード、あとで飲ませてくださいね」

「ぜひ味見してほしい。ほとんどレモン水だけどな」

笑いながら久我さんは、長い腕を伸ばして調味料を手にした。

私がするりと彼の腕の囲いから逃れると、苦笑される。

「おっと。逃げられたな」

「油断すると久我さんはすぐ私を囲おうとしますよね。キッチンでは危ないからやめてくださいね」

「そうだな。あとのお楽しみにとっておこう」

私の胸にほのかな期待が芽吹く。

彼のちょっとした言葉に期待して、心が弾む。

嬉しくて楽しくて、こうして二人でいることがなにより幸せに感じてしまう。

手早く野菜と豚肉を細切りにした久我さんは、フライパンでもやしとともに炒めた。

その横で私は、チーズにハムをくるりと巻いて、ピックで刺していく。

それぞれの作業に没頭しているので、しばし無言になった。

私は胸に澱《よど》んでいたことを、ぽつりと呟いた。

「あの……久我さん。できてなかったんです」

「ん？　なにが」

「……赤ちゃんが。妊娠してませんでした」

久我さんは少し黙っていた。

彼がごま油をフライパンにひくと、ふわりとごまの香りがキッチンに漂う。

「そうか。またチャンスはあるよ」

また……ということは、あの一夜だけで終わりではなくて、私たちの関係は続くのだろうか。

もしかして、私が妊娠するまで……？

でも詳しくは聞けなくて、私は「そうですよね」とだけ返事をした。

久我さん自身、いつまでなんて明確に決めていないのかもしれない。

ただ彼に本当に好きな人だとか、結婚を考える相手が現れたときに、この恋人契約は終わりを迎えるのは間違いない。

私が妊娠しても、彼に責任を取ってもらうつもりはない。

初めから、子どもだけくださいと宣言しているのだから、当然だ。

久我さんとの子どもさえいれば、私は彼がいなくてもこの先の人生を生きていける。だから早く妊娠して、いつでも久我さんが婚約者を連れてきて恋人契約の終了を告げてもいいように、心構えをしなくてはいけない。

でも、この幸せが少しでも長く続けばいいなと思ってしまう。

そんなことを考えていたせいか、つい手が止まってしまっていた。

はっとした私は、ピックに刺した一口チーズハムを皿に並べる。

隣では久我さんが、出来上がったチンジャオロースを二つの皿によそっていた。

気を取り直して、炊飯器の蓋を開ける。

「ごはんもあるんですね。よそいます」

「うん。ありがとう」

炊飯器にはちょうど二人分のごはんが炊けていた。

もしかして、久我さんは初めから私と夕食を家で食べるつもりで用意していたのかな。……なんて、考えすぎかもしれない。

テーブルに出来上がった料理や箸を並べて、レモネードが入ったポットとグラスも二つ用意した。

私たちは「いただきます」と合唱して手を合わせる。

久我さんが作ってくれたチンジャオロースには、パプリカともやし、それにベビーコーンが使われており、オリジナリティがある。オイスターソースの味つけにはまったりとしたコクがあり、ごま油の香りも食欲を掻き立てた。

「美味しいです。久我さんって、料理が上手なんですね」

「上手なんて腕前じゃないけど、さやかが喜んでくれたなら嬉しいな」

「本当に上手ですよ！　レモネードも、いただきますね」

箸を置いた私は、グラスに注いだ久我さん特製のレモネードを飲んでみた。

甘味がかなり薄く、レモンの味は濃い。これは確かにレモン水だ。

「なんか違うだろ？　シロップが薄いんだよな」

自家製のレモネードは、レモンの輪切りとグラニュー糖などの砂糖を瓶に詰めて、滲《にじ》み出たシロップを冷水などで割って飲むのが一般的だ。シロップを作るのが面倒なら、既製品でも代用が可能だ。

「そうですね……薄いのが気になるなら、冷水でなく炭酸で割ってもいいと思います。甘味は砂糖ですか？」

「うん。甘すぎるのが苦手だから、砂糖を一つまみ入れてる」

「ちょっと足りないですね。ハチミツはどうですか？　ハニーレモネードにすると自然な甘さになって美味しいですよ」

「それいいね。ハチミツは買い置きがあるんだ。さっそく入れてみよう」

キッチンへ行ってハチミツの瓶を持ってきた久我さんは、スプーンと木製のハニーディッパーを手にしていた。

ハニーディッパーはハチミツをくるくると巻きつけて垂らす、ハチミツ専用の道具である。

私のグラスを引き寄せた久我さんは、ハニーディッパーで掬《すく》ったハチミツを、とろりと垂らす。

それをロングスプーンで軽く掻き混ぜた。

「どうかな？」

差し出されたハニーレモネードを一口含む。

ほのかにハチミツの甘みが感じられて、レモンの酸味と絶妙に調和していた。

「すごく美味しいです……。ハニーレモネードも、まろやかで大好きなんです」

「それはよかった。喉にもいいしね」

「そうですね……？」

最近、久我さんの声が嗄《か》れるようなことがあったのだろうか。

私は久我さんの言葉に小首を傾げたが、ハニーレモネードが体にいいことには違いない。

久我さんは自分が飲む分のハニーレモネードも作り、美味しそうに飲んだ。

それから私が即興で作った一口チーズハムを齧《かじ》る。

「ありあわせのもので、こういうおつまみをすぐ作れるのって、すごい才能だよな」

「才能だなんて……誰でも作れますよ」

「いいや。すごいと思うよ。俺は思いつかないな。ぜひ、さやかのおつまみレパートリーが知りたいね」

「機会があったら披露しますよ」

またこうして、二人で楽しく会話しながら食事できる機会があるのだろうか。

あったら、いいな……

私たちは和やかに話しながら、二人だけの夕食を楽しんだ。

食事を終えて、片付けた食器を食洗機に入れていた久我さんは、何気なく私に訊《たず》ねる。

「今夜、泊まっていくだろ?」

どきりと、鼓動が弾んだ。と同時に迷いが生じる。

する……のかな?

もしかしたら今度こそ妊娠するかも。そうなったらどうしようなんて、気持ちが先走ってしまう。

でも、期待しすぎかもしれない。

彼に、「俺はソファで寝るから」と言われたら、なにも起こらないということだ。

ただ、そう言われるのも寂しいのだけれど。

「あ、でも、ハブラシとか、メイク落としとか、用意してないですし……」

困惑した私は余計な心配事を口にした。

するると久我さんはこちらへ来て、布巾でテーブルを拭いている私の手に、そっと大きな手を重ねる。

二人の指が絡み合った。

「じゃあ、一緒にコンビニに買いに行こう。すぐそこだから」

「は、はい」

優しく逃げ道が塞がれてしまう。

彼氏の家……正確には彼氏ではないけれど、男性の家にお泊まりするなんて初めてで、胸のどきどきが止まらない。

私たちはマンションを出て、一緒に近くのコンビニへ向かった。

見上げた空には大粒の星が瞬いている。初夏らしくぬるい夜風が吹いていた。

久我さんは車道側を歩き、私の手をぎゅっと握りしめる。

「夜道は危ないからね。俺の手を離さないで」

「はい……」

かぁっと、顔が熱くなるのがわかった。

何度久我さんに手を握られても慣れることはなく、いつも新鮮な気持ちで照れてしまう。

頷いた私は、久我さんに握られた左手に小さな心臓でもあるのかと錯覚してしまう。それくらい、どきどきしていた。

少し歩いて坂を下りると、すぐにコンビニの明かりが見えてきた。

店内に入り、日用品のコーナーに向かう。そこには使い切りの化粧水やメイク落とし、シャンプーなどがセットになった、いわゆる『急なときのためのお泊まりセット』があった。

おそらく私以外にも、彼氏の家に急にお泊まりすることになった女性が世の中にはたくさんいるのだろう。

ありがたく私はそのお泊まりセットと、ハブラシを手にした。

久我さんはというと、奥のコーナーで炭酸水を手にしている。私に気づいて、彼は薄く微笑んだ。

「さやか。アイスでも食べる？」

「いえ、いいです。お腹いっぱいなので」

「そうか。目的のものは見つかった？」

「ありました。レジに行ってきますね」

「一緒に行こう」

レジに炭酸水を置いた久我さんは「カードで」と言って財布からカードを出した。そして私に、レジ台に商品をのせるようにと、手で示す。

「あ、自分の分は自分で払います」

「いいんだよ。きみは俺の彼女なんだから、まとめて払って当然なの」

俺の彼女、とはっきり言う久我さんに呆然とする。

久我さんは私の腕を掴むと、ぽんとレジ台に商品をのせた。

こうして会計を済ませ、私ははにかみながら購入した商品をエコバッグに入れる。久我さんは手ぶらなので、ついでに炭酸水も私のバッグに入れた。

化粧水などは使い切りだけれど、久我さんに買ってもらったハブラシは大切に使おう。

「ありがとうございました」

「うん、どういたしまして」

久我さんは楽しそうに笑い、また私の空いたほうの手を握る。ほっこりした気持ちで、私たちは帰途についた。

マンションに帰ってくると、久我さんにバスタオルとパジャマを渡される。

「俺は寝室の準備をするから、先にシャワーを浴びていて。パジャマは俺のだけど、新品だから安心して」

「それじゃあ、お先にシャワーいただきます」

今日は一緒にシャワーを浴びないんだ……と、がっかりしている自分に気づき、慌ててかぶりを振る。

私はふわふわのバスタオルと新品のパジャマを抱えて、エコバッグから取り出した炭酸水を冷蔵庫に入れる。

なんだかこうして細々と動いていると、一緒に暮らしているような錯覚に陥る。

久我さんは炭酸水の扱いを完全に私に任せていた。

荷物を一緒にまとめるなんて、まるで同棲してるカップルみたい。

自分の想像に照れた私は、そそくさとバスルームに向かった。

脱いできちんと畳んだ服をカゴに入れて、シャワーを浴びる。髪も洗い、一日の汚れを洗い流す。

「久我さんって、マメなんだな。水回りがすごく綺麗にしてあるし」

バスルームも脱衣所も綺麗に掃除されていて、気持ちよく使えた。

替えの下着はないので、素肌にパジャマを羽織る。

ところが久我さんのものなのでサイズが大きすぎて、ワンピースのようになってしまった。裾が私の腿《もも》くらいまである。

「ぶかぶか……でもなんか、彼氏のパジャマを借りてるって感じで嬉しいかも」

これくらいならズボンを穿《は》かなくても平気だろう。

濡れた髪を洗面台のドライヤーで乾かし、購入した化粧水とハブラシを使う。支度を終えてリビングへ戻ると、久我さんはソファでゆったりしながらテレビを見ていた。

ふと、こちらに目を向けた彼は瞠目《どうもく》して、私の腿《もも》の辺りを凝視する。

「どうしました？」

「いや……刺激が強いなと思って」

微苦笑した久我さんは、私のパジャマ姿をじっくりと眺める。

恥ずかしくなった私は裾を引っ張って、腿《もも》を隠した。

「ちょっと大きいんですよね……」

「俺のサイズだからね。似合ってるよ」

立ち上がった久我さんは、私と入れ替わりにバスルームへ足を向けた。

「適当に寛《くつろ》いでいて。さやかの分のハニーレモネード、作っておいたから」

「ありがとうございます」

テーブルを見ると、グラスとコンビニで購入した炭酸水が並んでいた。久我さんがレモネードシロップに炭酸水、それにハチミツを足して作ったようだ。

完成されたハニーレモネードを飲みながら、私はつけっぱなしだったテレビをなんとなくそのまま眺める。お風呂上がりなので、喉を流れる炭酸がすっきりと心地よい。

そのままテレビを見ていると、久我さんの鼻歌がバスルームから聞こえてきた。どうやらご機嫌のようだ。

「久我さんって、鼻歌を歌うのね。新しい一面を発見したかも」

なんの歌かわからないけど、声が甘くて低いので、素敵な歌に聞こえる。私はテレビを消して彼の歌声を聴きながら、ハニーレモネードを味わうことにした。

ややあって、頭をタオルで拭きながら久我さんがリビングに姿を現した。

「おっ。逃げなかったな。俺のお姫様」

「え？　逃げるって……」

意味ありげに微笑んだ久我さんは、ズボンだけ穿《は》いていて、上半身は裸だ。頭にかけたタオルで少々隠れているけれど、彼の強靭な肩と胸板、そして割れた腹筋が、雄の色香を漂わせている。

目のやり場に困った私は、そっと視線を逸らした。

「ま、その格好じゃ逃げられないよな。さやかのこんな扇情的な姿を見るのは俺だけだ」

ソファに座っている私の膝に、甘えるように久我さんは屈《かが》んで頬を寄せる。

彼の熱い頬が柔らかい腿《もも》に触れて、じんわりと熱が伝わった。

裾がけっこう際どい長さなので恥ずかしいけれど、久我さんは腕を回して私の腰を囲い込む。

まるで猛獣に捕まったみたい。

私は彼が被っているタオルで、濡れた髪をわしゃわしゃと拭いてあげた。

「さっき久我さんが歌ってた鼻歌は、なんて曲なんですか？」

「ん？　知りたい？」

私の膝から顔を上げた彼は、悪戯《いたずら》めいた目を見せる。

「知りた……あ……」

体を伸ばした彼に、ちゅっと唇を啄まれた。

濡れた髪が額にかかっている久我さんは、普段とは違う色気を感じさせる。彼は髪の隙間から覗く澄んだ双眸《そうぼう》で、私を間近から見つめた。

「即興なんだ。そうだな……恋人がお泊まりして嬉しい歌、だな」

「こ、恋人、ですか……」

「そうだよ……おっと。もう、愛しい恋人を寝室に攫《さら》う時間だ」

その言葉に反応する隙もなく、私の体はソファから軽々と掬《すく》い上げられた。そのまま横抱きにされると、奥の寝室へ運ばれる。

寝室には広いベッドが鎮座していて、橙色のライトがほんのり灯されていた。

清潔なシーツにそっと下ろされると、すぐに久我さんが覆い被さってくる。

彼の熱い体温と強靭な体を抱き留めながら、私は困惑した。

「あ、あの、久我さん。するんですか……？」

「もちろん。さやかは俺と、したくないか？」

私の頬にくちづけた久我さんの双眸《そうぼう》は情欲に滾《たぎ》っている。

期待を押し込めながらも、実は期待していた自分を私は認めた。

子どもが欲しいというだけじゃない。

――彼のことが好きで、そして抱かれたい。

たとえかりそめの恋人でも、久我さんが求めてくれるのなら応えたかった。

「したい……です。久我さんと気持ちよくなりたい」

「俺も。さやかと愛し合いたい」

私たちは引き寄せ合い、くちづけを交わした。

チュウ……と私の唇を吸った久我さんが、少し顔を離して微笑む。

「ハニーレモネードの味がするね」

「ふふ。今、飲んでましたから」

「もっと味わわせてくれ」

顔を傾けた久我さんは私の唇を深く貪《むさぼ》る。

ぬるりと歯列を割って、濡れた舌が挿入された。

私も自らの舌を差し出して、彼の獰猛《どうもう》な舌を迎え入れる。

二度目のせいか、それとも彼への情愛が増したためなのか、もうためらいはない。

もっと深く、もっと濃く、彼とつながりたい。私の胸は狂おしい情欲で満たされた。

絡めた舌をねっとりと舐《ねぶ》り、敏感な粘膜を擦り合わせる。それだけで腰の奥が、ずくりと甘く疼いた。

また……濡れちゃう……。

愛蜜で濡れることに羞恥を覚えた私は、舌を引く。すると雄々しい舌が追いかけてきて、搦《から》め捕《と》られてしまった。

「あ……ん……んふ……」

久我さんは情熱的なキスをやめない。

息が苦しくて、彼の淫靡なキスに溺れそうになってしまう。

チュッと音を立てて、ようやく唇が離されると、はあはあと息継ぎをした。

「息を止めないで。鼻で呼吸するんだよ」

「あ……そうですよね。なんだか夢中になって忘れてました」

「呼吸を忘れるくらい、俺とのキスに夢中になったの？　可愛い」

ちゅ、と鼻にキスした久我さんは、私のパジャマのボタンを一つずつ外していった。

「おお……ちょっと透けてたからもしやと思ったけど、下着をつけてないんだね」

「え……透けてたんですか？」

「うん。誘ってるのかと思った」

かぁっと私の顔が熱くなる。まったくそんなつもりじゃなかった。

「誘ってないですよ……。透けてたなんて、恥ずかしい」

「いいんだよ。俺だけが見るんだから」

そうはいっても、パジャマを脱いだら、私は全裸だ。

いきなり全裸を曝《さら》すのは抵抗があるので、一番下のボタンは死守するべく、久我さんの手を止めた。

「ボタン……一つだけは残してください。下着をつけてないし、いきなり全裸になるのはちょっと……」

「わかった。でも、この状態もなかなかにそそるんだけど」

「えっ？」

はだけた私の左胸を揉むと、久我さんは突起にチュとくちづけた。それから空いたほうの手で、裾を腿《もも》に沿って押し上げる。

ボタンは一個しか留められていないので、布を捲られたらすぐに股が曝《さら》されてしまう。

恥ずかしくなった私は脚を閉じた。

「そんなふうにされたら、もっと恥ずかしいことがしたくなるな」

体をずらした久我さんは、曝《さら》された茂みに顔を埋《うず》める。

それから股の隙間に、ぬろりと舌を挿し入れた。

「あっ……そんなの……」

舌先が淫芽を探り出し、つんと突く。

刹那、びりっとした強い快感が起こった。

腰の奥がうずうずして、蜜液が溢《あふ》れそうな感覚がする。

こうなると、いっそう脚を開くことができない。

久我さんは無理に私の脚をこじ開けようとはせず、両腿《もも》の間を舌で辿っていった。しかも同時に、閉じた両脚の外側を、てのひらで撫で下ろしていく。

柔らかい淫靡な刺激が心地よくて、つい膝が緩みそうになる。私は小刻みに震えながら、甘い愛撫に耐えた。

「ん、ん……はぁ……ん」

「頑張るね。どうやってお姫様の牙城を崩そうかな」

楽しそうに足の甲を撫でた久我さんは、今度は私の足の親指を口に含んだ。

ちゅぷ、と舌で舐められて、甘い刺激にびくりと肩が跳ねる。

「やっ……そんなの、汚いです」

「汚くないよ。さやかの体の全部を舐めたい。ここもね」

足の股を舌先で突かれ、鋭い快感が駆け抜ける。

そんなところがこんなにも感じるなんて、知らなかった。

予想しなかった快楽に、ついに私の膝が緩む。すかさず膝裏に手を添えた久我さんは、私の片足を折り曲げた。

彼は妖艶《ようえん》な笑みを浮かべる。

「そろそろ、さやかのあそこを舐めさせてよ」

「あ……だめです。私だけなんて。久我さんも一緒に気持ちよくなってもらいたい……」

一方的に愛撫されると体は昂《たかぶ》っても、心が置いていかれる気がする。二人でセックスするのだから、ともに高め合いたかった。

「じゃあ、こうしようか。一緒に愛撫しよう」

久我さんは脚を私の頭のほうに伸ばして、ズボンを下着ごと押し下げた。そうすると彼の勃ち上がった雄芯が私の目の前に曝《さら》される。

そうして横向きになると、久我さんは私の片足を持ち上げて花びらをぬるりと舐め上げた。

これは互いに性器を愛撫する格好だ。

眼前にある愛しい楔に、私もそっと触れる。両手で包み込み、ゆっくり擦り上げた。

その間にも久我さんは愛芽を舌先で突き、ぬるぬると唾液を擦りつけるように舐《ねぶ》る。

チュウゥ……ッと唇で愛芽を吸われると、体中に快感が広がっていく。目眩《めまい》がするほどの官能に蕩《とろ》けた。

「あ、あん……久我さん……そんなにされたら……」

雄芯を擦り上げる手の動きが、快楽により疎かになってしまう。久我さんにも気持ちよくなってほしいのに。

「先を唇で咥《くわ》えて、しゃぶってみて。できるか？」

「はい……」

言われた通り、笠の張った大きな亀頭に唇を寄せる。口腔《こうこう》に含み、舌で舐めてみた。

久我さんの楔が大きくて、先端だけで口の中がいっぱいになる。

「ん、んく……ふ……ん……」

「ああ……すごくいいよ……」

拙い舌技だと思うけれど、気持ちよくなってほしくて懸命に舐めた。

久我さんが、ほうと息を吐くのが聞こえたので、嬉しくていっそう口内の奥まで楔を呑み込む。

唇を窄《すぼ》めて、じゅぷじゅぷと出し挿《い》れすると、男根はさらに大きくなった。

先端で喉を突かれるのが、苦しいけれど、なぜか体が疼く。

「うっ、さやか……無理しなくていい……」

久我さんはまだ達していないのに、途中で引き抜かれてしまった。

楔の先端と私の唇を、銀糸がつなぐ。

「どうして？　久我さんにイッてほしいです」

「俺はさやかの胎内に放ちたいな。子作りのこともあるしね」

「あ……そうですね。わかりました」

「じゃあ……挿《い》れるよ」

私はこくりと頷いた。

久我さんは私の体をぎゅっと抱きしめてから、唇に触れるだけのキスをした。それから両脚を抱えて、強靭な腿にのせる。

愛撫して濡れた屹立が蜜口に押し当てられる。ぐちゅんと淫靡な音を立てて、切っ先が蜜口に挿入された。

「あっ……はぁ……っ」

ずぶりずぶりと、ひと突きごとに濡れた媚肉を擦り上げながら、奥まで押し込まれる。

「……痛くないか？」

「大丈夫……です」

二度目なのに、気遣ってくれる久我さんは優しい。

その優しさに縋《すが》りつきたくなり、私はシーツを掴んでいた手を離し、彼の腿《もも》に触れた。

久我さんが、ぐっと腰を押し込むと、獰猛《どうもう》な雄芯がすべて私の胎内に埋められる。

私の体の中が、彼で満たされている。

そう思うだけで、至上の幸福に酔いしれた。

すべてを挿入した彼は、きつく私の体を抱きしめる。

「……最高だ。きみの中は、楽園だな。温かくて柔らかくて、ずっとここにいたくなる」

「ふふ。ずっといていいんですよ」

「そんなことを言ったら、抱き潰してしまう。男を煽るものじゃないぞ」

甘く咎めるように、久我さんは私の鼻に、ちゅっとくちづける。

抱き合いながらこうして戯れるのは、心がふわふわして、幸せで満たされる。

私は逞《たくま》しい背に回した腕で、久我さんをぎゅっと抱きしめた。

するとと久我さんもそれに返すように、再度ぎゅうっと私を抱きしめる。頬を合わせて、すりすりすると、少しだけ伸びた彼の髭が擦れて、くすぐったい。

「そろそろ馴染んできたかな。動いてもいいか？」

「はい……あの、でも、お願いがあるんです」

「なにかな」

「このまま、ぎゅっとしたまま動けますか……？　久我さんの体が離れていると、寂しいんです」

「そうか。じゃあ抱き合ったまま、ゆっくりしよう」

久我さんは私を抱擁しながら、ゆっくりと腰を引く。けれど雄芯のすべては抜かずに、また奥まで、ずぷんと押し入った。

その抽挿《ちゅうそう》を幾度も繰り返すうちに、いっぱいに広げられた蜜口から愛蜜がたらたらと零《こぼ》れ落ちる。濡れた媚肉が擦られるたびに、甘い快感が湧き上がった。

「あ、あ……はぁ……ん……きもちい……」

久我さんの緩やかな抽挿《ちゅうそう》に合わせて、腰を揺らめかせる。

二人の体が密着していることで、二人で気持ちよくなっているという絆が生まれた気がする。

ともに生み出す快楽は、極上の心地よさで、忘我《ぼうが》の境に誘われる。

ぐっぐっと最奥を穿《うが》つ先端が、子宮口にキスをする。

「あっ、あっ、一番奥に、キス、してる……」

「気持ちいい？　俺は最高に気持ちいいよ」

「私も……最高に気持ちいいです」

久我さんの強靱な背中に縋《すが》りながら、体の奥深くで彼の中心を味わう。抽挿《ちゅうそう》による快感が体を貫くたびに、つながっているという実感が持てた。

掠《かす》れた声が耳に吹き込まれる。

「中で、出すよ……」

私は答えの代わりに、ぎゅっと久我さんの背にしがみついた。

ぐりっと子宮口を抉《えぐ》った切っ先が爆ぜる。濃厚な精が、たっぷりと子宮に注ぎ込まれた。

低く呻いた久我さんは、きつく私を抱きしめていた。

ややあって、息を整えた私たちはくちづけを交わす。額に汗を浮かべた久我さんの双眸《そうぼう》は、情欲に染め上げられていた。

「さやかが足りない。もう一回、いいか？」

「はい……私も、もっと欲しいです……」

チュッとリップ音を鳴らして唇にキスをした久我さんは、少し体を起こした。

「それじゃあ、後ろからしてもいい？　うつ伏せになってくれるか」

「えっと……こうですか？」

私は体を捻って、うつ伏せの体勢になった。後背位の体位は知っているけれど、そうなると久我さんは体をくっつけてくれないのかな……と少し寂しくなる。

そんな私の心情を読み取ったのか、久我さんは私の背をすうっと撫でると、両手で腰を持ち上げた。

「バックからでも、さやかと肌を合わせる姿勢にするからね」

「は、はい。それなら安心できます。この体勢だと、久我さんの顔が見えないからなんだか不安なので」

「大丈夫だよ。そんな不安を吹き飛ばすくらい、気持ちよくなるから」

ずぷり……と、猛った剛直が蜜口に挿入される。

濡れた媚肉が蠕動して、楔を奥へ奥へと導いた。

雄芯をずっぷりと埋められた衝撃に、四つん這いの私は仰け反った。

「あ……あぁっ……」

正常位のときとは当たる位置が異なるのか、とてつもない快楽を感じる。

まろやかな快感が渦巻いて、目眩《めまい》がする。

久我さんは体を倒して、私の背中に胸をつけた。

そうすると、彼のぬくもりが伝わり、快感と安堵が混ざり合う。

ズチュズチュと淫らな抽挿《ちゅうそう》を繰り返しながら、長い腕が私の揺れる膨らみへと回される。

揺らされる乳房を大きなてのひらで包み込まれ、ゆるゆると揉み込まれた。

「あっ……はぁっ……両方されたら……感じすぎて……」

「感じすぎて、どうなる？」

「い、いく……イッちゃう……」

「イッていいんだよ。一緒にいこうか」

「んっ、うん……」

ゆさゆさと体を揺さぶられながら、私は首を縦に振る。

ずっぷりと楔を咥《くわ》えた胎内は蜜を滴《したた》らせ、彼の指で擦れた乳首は硬く張りつめる。きゅ、と両の突起を抓《つね》られると、快楽が腰の奥に広がった。

濡れた媚肉が灼熱の肉棒を、きゅうぅっと包み込む。

「あっ、あん、はぁ――……っ……」

体中で愛しい人を感じながら、視界が白い紗幕《しゃまく》に覆われる。

体がどこかへ飛んでいってしまいそうな浮遊感に、恍惚とした。

「くっ……」

低く呻いた久我さんは、ぐっと腰を押し込めた。

硬い先端が、ぴたりと子宮口にくちづける。雄芯から、濃厚な白濁が溢《あふ》れて、私の体の奥深くまで注がれた。

私たちは息を継ぎ、ベッドに突っ伏す。

久我さんは後ろから私の体を、ぎゅっと抱きしめた。

強靱な肉体が、愛おしい。彼は全体重を私にかけないよう、肘と膝を使っているのだとわかった。

「……さやか、キスしたい」

「私も……久我さんの顔が見たいです」

首を捻ると、雄々しい唇が迫ってくる。

そっと瞼を閉じた私は、ちゅとキスをした。

それだけで終わるはずもなく、久我さんは貪《むさぼ》るように唇を食《は》んでくる。

「ん……ふ……」

少し唇を離した久我さんは、甘い吐息とともに私に囁《ささや》いた。

「もう一回いいか？　今度は正常位にするから……」

「は……い……」

体を捻った私は正面から久我さんと抱き合う。

そしてまた猛った熱杭を突き込まれ、甘い喘ぎ声を上げさせられる。

愛の営みは夜が白むまで続けられた。


眠りの淵から浮上すると、すぐに熱い体温の存在を知らされる。

瞼を開けた私が横を見ると、久我さんの寝顔が間近にあった。

すると一気に昨夜のことが脳裏に呼び起こされる。

私は久我さんのマンションに泊まることになり、彼と体を重ねたのだった。関係を持つのはこれで二度目だけれど、久我さんは何度も私を求めてきて、胎内に精を放った。

まさか彼がこんなに絶倫だとは思わず、私はついていくのがやっとだった。それに喘ぎすぎて、喉が痛い。

でも、幸せだった……。彼に愛されて幸福感を得られた。

私は改めて、久我さんに信頼を置いていて、彼のことが好きなんだと自覚する。

この関係がどこへ向かうのかわからない、もしくはいずれ終わってしまうのかもしれないけれど、それまでは久我さんを大切にしよう。彼の心の隅に、私との日々が楽しい思い出として残ってくれるように。

そんなことを彼の寝顔を見つめながら考える。

「睫《まつ》毛《げ》、長い……」

久我さんの長い睫《まつ》毛《げ》に見惚れていると、彼の唇が弧を描いた。

「おはよう、さやか」

「おはようございます……もしかして、起きてました？」

目を開けた久我さんは、自分の腕に乗っている私の頭を撫でる。

「寝顔にキスしてくれないかな、と思って、寝たふりをしてた」

そう言ってまた瞼を閉じた彼は、口元だけ嬉しそうに微笑んでいる。

これは……私からのキスを待っているポーズだ。

でも、どこにキスしよう？

考えた末、カーテンから漏れる陽射しに煌《きら》めいている彼の長い睫《まつ》毛《げ》に、そっとくちづける。

触れた瞼が温かくて柔らかい。久我さんのとても繊細なところにキスできるのが嬉しかった。

満足そうに目を開けた久我さんは、「お返し」と言って、私の瞼にくちづける。

「ひゃ……あったかい」

彼の熱い唇が、薄い瞼に触れて、温かくてとても心地よい。

瞼にキスされるのって、こんなに気持ちいいんだ……

久我さんと愛し合っていると、これまで知らなかった世界が次々に開けてくる。互いに愛撫して気持ちよくなれることも、その一つだ。

「声が嗄《か》れてる。一晩中、喘がせたからな」

身を起こした久我さんはベッドを下りた。

私が咳をして喉の調子を整えていると、彼はグラスを手に戻ってきた。

ベッドサイドに屈《かが》んだ彼は、グラスの液体を一口含んで、私に唇を寄せる。そのままキスをすると、甘いハチミツの味がふんわりと口の中いっぱいに広がった。

こくん、と流し込まれたハニーレモネードを飲み込むと、乾いた喉に心地よく爽やかな液体が流れていった。

唇を離した久我さんは、色気をまとわせて微笑む。

「ハチミツ入りだから、喉にいいよ」

そう言うと、彼はまたグラスからハニーレモネードを含んで、口移しする。

甘いキスとともに飲み込んだ私は、まさかこういうふうにハニーレモネードが使われるとは思いもよらず、ハチミツとキスの甘味を堪能することになったのだった。

四、揺れる恋心

久我さんのマンションにお泊まりして以降、私は毎週のように彼のもとへ通うようになった。

「一緒にごはんを食べよう」という彼の誘いに乗り、一緒に料理をして夕食を食べて、そのまま泊まってセックスするという流れになる。

私が泊まるたびに久我さんの部屋には、ハブラシやヘアクリップ、化粧水やメイク落とし、パジャマや替えの下着など、私のものが増えていった。

それでも久我さんは、持って帰れとはいっさい言わない。それどころか、「困らないよういろいろ持ってきて」と言って、私のものを増やすことを勧めてくる。

そのことによって、私は久我さんに全幅の信頼を寄せた。

以前、男性に嘘の住所を教えられた私だったが、久我さんは私を家に招き入れた上に、私物を置くことを認めている。それは、もしほかの女性が彼の家に入ったとしても、私という女がいるのを隠さないという証明だった。久我さんは、ほかに女がいないことを、私に態度で示してくれた。

まるで、同棲してるみたい……

久我さんが私を大切な彼女のように扱ってくれるので、私はこれまで抱いていた恋愛への不信が薄れていくのを感じていた。

だから彼と一緒にいるのは楽しかった。

でも、この関係が永久に続くなんて思うほど、私はわがままではなかった。

久我さんが、ハニーレモネードに飽きるまでだ。そう思って、切ない気持ちを抑え込んでいた。

けれど、いつ彼の冷蔵庫を覗いても、レモネードシロップの作り置きが入っていた。

そろそろ夏が終わり、涼しい季節が訪れようとしているのに、彼はいつまで常備しているつもりだろうか。

冷蔵庫を開けたまま、ぼんやりとそんなことを考えていると、食材を切っていた久我さんが声をかけてきた。

「さやか。たまには、どこかに出かけるか？」

「……え？」

ぼうっとしていた私は慌てて冷蔵庫を閉め、顔を上げる。

「最近は家にばかりいるから、つまらなくないか？」

「そんなことないです。スーパーに買い物に行ったりしてるじゃないですか」

あえて出かけるのは、食材の買い出しくらいだ。あとは二人でテレビや映画を見ながら、ゆっくり過ごすのが定番になっている。キスしているうちに、その流れで久我さんに抱かれたり……なんてこともある。

私にはどこかへ出かけたいという願望はない。ただ久我さんと一緒にいられたら、それだけで幸せだ。二人きりで家にいると、愛を育んでいるような感覚がして、ほっとできるから。

「きみが満足してるなら、いいけどね。家でまったりしてばかりだから、飽きられないか心配になってね」

「そんなわけありませんよ」

私が久我さんに飽きるなんて、あるわけがない。むしろ、その逆を恐れているのに。

苦笑すると、久我さんは身を屈《かが》め、チュッと私の唇にキスをした。

「久我さんったら。料理中なのに、危ないですよ」

「じゃあ、一旦料理を止めようか」

包丁を置いた彼は流しで手を洗うと、丁寧にタオルで拭く。

そうしてから私を抱きしめて、腕の檻に閉じ込めた。

「捕まえた。もう逃がさないぞ」

「あっ、もう。やだ」

嫌がりながらも笑っている私の声は弾んでいる。

久我さんも笑いながら、腕の中に閉じ込めた私にキスの雨を降らせた。額にも瞼にも、それから頬にも。

そして最後に、唇をしっとりと重ね合わせる。

「ん……」

私は自然に彼の背に腕を回して、くちづけを受け入れた。

久我さんとのキスは、甘くて優しくて、キスするたびに心が潤った。

家に二人きりでいると、こうして戯れて、いつでもキスしてしまう。

少し顔を離した久我さんは、優しい眼差しを向けた。

「離したくないな」

またいつもの戯れだと思った私は、冗談めかして答える。

「じゃあ、久我さんは私の背中にくっついていてください。私が料理を完成させますから。それなら離れないでいられるでしょう？」

久我さんは、くつくつと笑っている。

そういう意味ではなかったのかもしれないけれど、彼は私の言った通り、背後に回った。長い腕を私のお腹に回す。

「それじゃあ、さやかにくっついていようかな」

「ふふ。どうぞ」

お腹に手が触れたことで、どきりとする。

まだ私に、妊娠の兆候はない。

妊娠したら、この関係も終わりなのかな……

そう思うと寂しさが胸を衝《つ》いた。

子どものことは、私から言い出したのに、今さら契約の内容を考え直したいなんて、相談できるわけがない。それに、子どもが欲しい気持ちに変わりはないのだし、シングルマザーになることを撤回したいわけではないのだから。

でも、本当にこれでいいのかな？

もし、子どもができたら、そこに久我さんの存在はなくていいのだろうか。

私は食材を切りながら、悶々と考えた。

私たち、これからどうするんですか？　……なんて、とても聞けない。

「きみの言った通り、体だけの関係だろう？」と返されたら、傷ついてしまう自分がいる。恋人契約なんて、それはただのセフレと同じだ。

久我さんと一夜を過ごしたときはそれでよかったはずなのに、彼と深く付き合うごとに、どんどん欲深になってしまっている。

彼の、本当の恋人になりたい……と。

気がつくと、私の手は止まっていた。

いけない。まだ食材を切っている途中なのに。

気を取り直して包丁をかまえたとき、久我さんが私の右手をそっと握った。

「考えごとをしながらだと危ないよ。もうこれ以上、料理を任せられないな」

「あ……」

久我さんに悟られていた。

考えごとをして、ぼうっとするのは私の悪い癖だ。

静かに包丁を置いた私は、久我さんに向き直る。

「すみません。ちょっと、悩んでることがあって……」

「その悩みというのは、俺には相談できないことなのかい？」

久我さんだからこそ言えない。

幾度も瞬きを繰り返した私は、唇を噛んで俯いた。

私の両肩を、大きなてのひらでしっかりと支えた彼は、真摯な双眸《そうぼう》をまっすぐに向けてくる。

「俺にはなんでも言ってほしい。きみに頼りにされたいんだ。それとも、俺では力になれないのかな」

「そんなことは……ないんです、けど……」

どう言えばいいのか、わからない。

なにを言っても、私のわがままで彼を困らせてしまいそうな気がする。

口を噤む私に、久我さんは小さく嘆息した。

「すまない。無理やり言わせようという気はないんだ。ただ、恋人が悩んでいるのになにもできないなんて、歯痒くてね」

「恋人……。私たち、恋人なんですか？」

思わず口から滑り出たその疑問に、久我さんは目を見開いた。

彼は何度もその単語を使ってはいたけれど、それは私が思っていたようなものとは異なり、本物の恋人のニュアンスが含まれているのを感じて首を傾げる。

驚いた様子の久我さんは、眉をひそめて問い返した。

「俺は社食できみが恋人だと宣言したし、好きだと告白もした。そしてこうして半同棲の形になっているわけだが、恋人じゃないとしたら、なんなんだ？」

私は呆然としてしまった。

まったく彼の言う通りだった。

けれど、私たちの関係は社食で始まったのではない。私が、子どもが欲しいと願い、一夜だけの体の関係から始まったはずだ。そして久我さんの女除けのために、私と恋人契約を結んだ形になったのだった。

だから、つまり……

「セフレ……かと……思ってました」

瞠目《どうもく》した久我さんは息を詰めたように見えた。

私の浅はかな言葉が、彼に相当なショックを与えてしまったのだ。でも私と久我さんが、本物の恋人同士だなんて、どうしても信じられなかった。

「そうか」

短く呟いた久我さんは、きつく眉根を寄せている。彼は怒っているのだ。その顔のまま彼は軽々と私を横抱きにし、寝室へ連れ去る。

「あ、あの……」

「俺は今、なにを言われても止まれない。きみを抱かないと収まらない。セフレなんだから、いいだろう？」

ベッドに乱暴に投げ出され、服を剥かれる。瞬く間に私はブラジャーとショーツのみの姿にされた。

私の両腕を頭の上にまとめた久我さんは、脱がせたシャツの袖で両の手首を縛り上げた。

淡々と私を拘束する彼の冷徹な双眸《そうぼう》に、ぶるりと背が震える。

「あ、や、やだ……」

「だめだ。今夜はこうして俺を受け入れるんだ」

抵抗しようとしても、すでに腕は縛り上げられ、体には逞《たくま》しい肉体が覆い被さっている。

いやいやと首を振っていると、久我さんの大きなてのひらで顎を押さえられた。

強引なキスに、心が震えた。

久我さんは角度を変えて何度も私の唇を貪《むさぼ》り、口腔《こうこう》に獰猛《どうもう》な舌をねじ入れる。怯える舌を掬《すく》い上げられて、濡れた舌と絡め合わせた。

敏感な粘膜を擦り合わせる快感が、ずくんと体の中心を疼かせる。

無理やりされているはずなのに、体は彼の愛撫に従順に反応した。

とろりと蜜液が体の奥底から滲《にじ》むのを感じて、膝を擦り合わせる。

「んん……ふ……」

ねっとりと舌を舐《ねぶ》られながら、大きなてのひらでブラジャー越しに胸を揉み込まれる。乱暴な手つきの彼の獰猛《どうもう》さに体は勝手に期待して、熱を帯びた。

ブラジャーの隙間から指を挿し入れられ、胸の突起を捏《こ》ねられる。

紅い実はすぐに硬く勃ち上がり、胸から甘い快感を広げていった。

「あ……ふう……ん……んく……」

濃厚なキスにより、口端から唾液が滴《したた》り落ちる。

キスと胸への愛撫だけで、私は快感に喘いだ。

ややあって唇を離した久我さんは、私の肩を甘噛みする。そして彼はショーツを指先でなぞり上げた。

「なんて淫らな体だ。キスだけでこんなに濡らしてしまうなんて」

「……え」

ショーツは溢《あふ》れ出た愛蜜により、ぐっちょりと濡れていた。

まさかこんなに濡れるなんて。

久我さんは艶めいた笑みを浮かべて、私の口端から垂れた唾液を舐め上げる。

「さやかは無理やりされるのが興奮するんだね。ということは、セフレに向いてる性癖なのかもな」

「そ、そんな……そんなこと……」

自分でも信じられないけれど、否定の言葉が出てこない。

だって久我さんが指で擦り上げるたびに、ショーツはどんどん濡れていってしまうのだから。

布越しの愛撫がもどかしくすらある。

快感を散らすため、私は体を捩《よじ》ろうとするけれど、うまく動かせない。両腕を頭の上で縛られているせいだと気づき、腕を抜こうとするが、もがくほど拘束はきつくなった。

すると、久我さんの指がショーツのクロッチをずらす。

つぷりと、濡れた蜜口に一本の指が挿入された。

「あっ……ん」

ぬちっと淫靡な音を立てて、隘路《あいろ》は彼の指を咥《くわ》え込む。

軽く出し挿《い》れされただけで、ヌプヌプと淫猥な音が鳴る。秘所は愛蜜で沼のようになっているのがわかった。

「ほら、すごいだろ？」

蜜口から指を引き抜いた久我さんは、愛蜜でたっぷり濡れた指を私に見せつける。

その卑猥な行動に、かぁっと、顔が熱くなる。

私の反応を見た久我さんは、煽るように淫らに、指に舌を這わせ、ぬるりと愛蜜を舐め取った。

その仕草に、いっそう私の体は昂《たかぶ》っていく。

だけど彼はショーツを脱がせてはくれない。指を引き抜かれた空虚な蜜壺が、咥《くわ》えるものを欲しがり切なく疼いている。

焦らされるのがたまらなくて、私はもどかしく膝を擦り合わせた。

そんな私を見た久我さんは、すっと双眸《そうぼう》を細める。

「どうしたの、さやか」

「……なんでもないです」

「もしかして、もっとひどくしてほしい？」

「そっ、そんなわけ……あっ――」

ぐいっと、獰猛《どうもう》な手がブラジャーを引き上げる。

二つの膨らみが露《あら》わになり、ふるりと揺れた。

「こうして、さわってほしかったんだろう？」

大きなてのひらで、直に乳房を揉み込まれる。

彼の熱い手の感触に、ほうと私の唇から淡い吐息が漏れた。

認めるのは恥ずかしいけれど、私は確かに久我さんからの直接的な愛撫を待ち望んでいたのだ。

その証拠に、私の唇からはこらえきれず喘ぎ声が零《こぼ》れた。

「ふ……ん、んぁ……あぁ……」

やや乱暴に膨らみを捏《こ》ねられる。その合間に、きゅっと乳首を抓《つね》られた。

「あっん」

強すぎる刺激に嬌声を上げて、私の背が弓なりになる。そうすると、いっそう胸が突き出される格好になった。まるで、もっと、と望んでいるように――

そのことに気づいてはっとしたけれど、剛健な肉体に伸しかかられているので逃げることもできない。

久我さんは目を細めて、私の表情をつぶさに観察していた。

「もっとしてほしい？」

「ん……うん」

唇を引き結んで首を横に振る。

すると、悪辣な笑みを見せた彼は私の胸から手を離して、体を起こした。

え……解放される？

そう思い、目を瞬かせた私だったが、胸のうちには喜びよりも落胆が広がった。

こんな中途半端な状態で放り出されるなんてと、熱くなった体が訴える。

けれど私の予想に反して、久我さんはベッドを下りなかった。

彼は私の体に馬乗りになると、スウェットをボクサーパンツごとずらして、雄芯を取り出す。

猛った楔は天を衝《つ》いていた。

それを手にした彼は、ぐいと私の口元に押しつける。

「素直じゃない子にはお仕置きが必要だ」

「……んっ」

噎せ返るような雄の匂いがする。唇に押し当てられた先端が、熱くて硬い。

久我さんは傲岸に命じた。

「舐めるんだ」

唇を引き結んでいた私は、彼の命令に従った。

この体勢では逃れられない。なによりも、私の心と体が、雄芯を欲していた。

ゆっくりと、薄く唇を開く。傲岸に見下ろす久我さんの顔を見上げながら、押し当てられた先端を舌でちろりと舐める。

一度舐めたら止まらなくなり、ねっとりと亀頭を舐め上げる。括《くび》れを辿り、先端の孔《あな》を舌先でくじった。

口腔《こうこう》に含み、チュプチュプと唇を窄《すぼ》めて先端を愛撫する。

久我さんは淡い吐息をつき、褒美のように私の髪を撫でた。

「上手だ。すごくいいよ」

褒められて嬉しくなり、私はいっそう楔を深く咥《くわ》えた。雄芯を口淫したことは何度もあるけれど、こんなふうに恥ずかしい体勢でするのは初めてで、その状況にいっそう興奮する。

すると、久我さんは腰を落として、剛直を私の喉奥まで呑み込ませる。

「ん……く……んふ……」

苦しくて声を上げると、ずるりと雄芯を引かれる。けれどすべては抜かず、また喉奥へ押し込んだ。

私は口の中いっぱいに入れた肉棒を懸命に舌で舐《ねぶ》る。

久我さんは私の様子を見ながら、腰を動かして雄芯を出し挿《い》れする。

グチュグチュと淫猥な音を鳴らしながら、肉棒が口腔《こうこう》の粘膜を擦り上げる。弾力のある先端で喉奥を突かれるのが心地いい。

「んっ、んっ、……んく……んぅ……」

熱杭に唇から喉奥まで貫かれ、体の熱が高まってくる。

口腔《こうこう》で抽挿《ちゅうそう》する猛々しい雄芯に舌を絡めて、いやらしくしゃぶり続ける。

「……っく……」

ジュプジュプと楔を出し挿《い》れさせていた久我さんは、低い呻き声を出した。限界が近いのかもしれない。

ふいに彼は楔を私の唇から引き抜いた。

「あっ……」

その瞬間、私の唇から首元にかけて、熱い飛沫《しぶき》が撒き散らされた。

唐突に咥《くわ》えるものを失った私は、熱から醒めたように呆然とする。

かけられた彼の精が、まったりと顎を伝い落ちていくけれど、両腕を縛られているのでどうすることもできない。

私は息を弾ませて、とろりと顎を滴《したた》る白濁の熱さを感じていた。

「俺の精で穢されたきみは最高に綺麗だよ」

双眸《そうぼう》を細めた久我さんは、満足げな息を吐いた。

汚れた私の口元を指先で拭うと、後ろへ下がる。

そうすると、また私の乳房を大きな手で揉み出した。

「さて。今度は素直になったかな？」

ぴん、と勃ち上がっている乳首を口腔《こうこう》に含まれる。

ジュッと吸われると、疼痛とともに貫くような快感が湧き上がった。

「ひっ……ひあぁんっ」

「ん？　すごいな。フェラしてそんなに興奮した？」

かぁっと顔が火照《ほて》るのを感じる。

その通りなので、私はうろうろと視線をさまよわせた。

尖りをチュクチュクと肉厚の舌で舐《ねぶ》りながら、久我さんは私を追い込んでいく。

「さやかは、いじめられるのが好きなのかな？」

「そ、そんな……こと、ありません」

「でも俺のを咥《くわ》えたら、体は興奮したみたいだよ。ほら――」

彼はまたクロッチの横から、指を挿し入れる。

そこは自分でもわかるほど、花襞が愛蜜でぬるぬるになっていた。

「えっ……!?」

先ほどより、もっと濡れている。

まさか、半ば無理やり口淫させられて精をかけられたのに、私の体は興奮したというのだろうか。

自分がそんなにも淫らな女だなんて、認めたくなかった。

それなのに、彼に口中に含んだ突起を舌で弾かれ、捏《こ》ね回されながら、クチュクチュと花襞を撫で上げられると、たまらない快感が込み上げる。

「あっ……あぁ……ん、はぁん……あん……」

艶《つや》めいた嬌声は明らかに口淫する前とは異なっている。

まだ指一本しか咥《くわ》えていない空虚な蜜洞が、もっと太いものが欲しいと言って、ずきずきと疼いていた。

けれど久我さんは硬く勃ち上がった紅い実を延々と舐めしゃぶり、指は蜜口をなぞり上げるだけ。

ぶるぶると腿《もも》が震え、次第に私の息が上がってくる。

「あ……あん……ん、もう……だめ……」

「ん？　なにがだめ？」

わかっているくせに、彼は意地悪だ。

もどかしい愛撫により、腰の奥は切なく疼き、蜜口からはとろとろと愛蜜が零《こぼ》れ落ちていた。彼の指は淫液により、しとどに濡れている。

体中が甘く痺れている。

彼の太いもので擦り上げられ、達しないことには、この疼きを収める術《すべ》はないと体が知っていた。

私は顔を真っ赤にして目を潤ませながら、小さな声で訴える。

「……挿《い》れて、ください」

肉欲に引きずられた私は、鼻にかかった甘える声で、雄芯を求めた。

彼の濃厚な愛撫に翻弄されて、欲しくてたまらない。

久我さんはごくりと唾を呑み込み、喉仏を大きく上下させる。

ようやく唇と指を離した彼は、微笑を浮かべながら私のショーツを脱がせた。

「よく言えたね。それじゃあ、ご褒美だ」

やっと欲しいものが与えられるのだ。この肉欲を鎮めることができる。

そう思った私は安堵の息を零《こぼ》した。

だが悪い男の顔を見せた久我さんは、膝裏を抱え上げると、私の秘所を覗き込んだ。

「ずぶ濡れだな。これならすぐに俺のを咥《くわ》えられそうだ。……でも、もっと濡らさないとね」

「え……」

内股に、ちゅっとキスをされると、彼は淫核を温かな口中に含んだ。

ぬるぬると舌で舐め溶かすように愛撫され、敏感な淫核は破裂しそうなほどの激しい快楽を感じる。

「はぁっ……やあっ……あん……あぁん……」

甘い快感が体中を駆け巡る。やめさせようにも腕が動かせないので、私は踵でシーツを蹴り上げた。

腰の奥が、きゅうんと切なく疼いて、たまらない。

それなのに、久我さんは口腔《こうこう》に含んだ淫核を執拗に舐めしゃぶる。

雄々しい舌に舐《ねぶ》られ、ねっとりと捏《こ》ね回されると、やがて極上の快楽が体を駆け上がっていく。

「あっ、あっ、いく……あ、ん……あぁ——……っ……」

がくがくと腰を揺らし、極まった衝撃に身を捩《よじ》らせる。

達してもなお、久我さんは淫核をぬるぬると舐めて快感の尾を引かせた。

「あぁ……もうだめ……」

どぷりと壺口から愛液が零《こぼ》れる。

ようやく淫核を解放した久我さんは、自らの濡れた唇を舌で舐め上げた。

その仕草に猛々しい雄を感じて、快楽に溺れた私の胸は、とくんと鳴る。

「すごく可愛かったよ。そろそろ俺も限界だな」

硬い切っ先が、ずぶ濡れの蜜口に押し当てられる。

その感触に息を呑む。ぐちゅりと先端が壺口をこじ開ける快感に身を震わせた。

ずぷん、と一息に奥まで剛直が突き立てられる。

擦り上げられた内壁が、ぎゅうっと収斂して、楔に絡みついた。

「あぁっ、はぁ……あ……」

「すごいな……。絡みついてくる」

私の腰を掴んだ久我さんが、ぐっと根元まで楔を埋め込む。

ずっぷりと、濡れた蜜壺は肉棒を咥《くわ》え込んだ。

それから、ズッチュズッチュと容赦のない抽挿《ちゅうそう》が始まる。

雄芯が出し挿《い》れされるたびに濡れた媚肉が擦り立てられ、快感が渦巻いた。

いつもより激しく久我さんは、逞《たくま》しい腰を押し進め、淫猥に蠢《うごめ》かせる。私の嬌声は揺さぶられるたびに弾んだ。

「あっ、あん、あ、ひぁ……あ、ん……んぁあ――……」

散々焦らされた体は瞬く間に絶頂へと押し上げられ、鋭い快感が身を貫く。瞼の裏が白く染め上げられた。

同時に低く呻いた久我さんが、胎内の最奥で楔を爆ぜさせる。濃厚な白濁が、たっぷり子宮に注ぎ込まれた。

「あ、ん、あぁ……」

二人であっという間に頂点へ達してしまった。

体を倒した久我さんに、ぎゅっと抱きしめられる。

けれど腕を縛られている私には、彼を抱きしめ返すことができなかった。それがたまらなく寂しい。

「ふう……気持ちよすぎてすぐに出たよ。今度はゆっくりしよう」

そう言った久我さんは、押し込んでいた楔でゆったりと抽挿《ちゅうそう》した。彼の雄芯は放出したばかりにもかかわらず、まったく力を失っていない。

グッチュグッチュと淫らな音色を奏でて、ずぶ濡れの媚肉が擦り上げられる。

二人の愛液が濃密に混ざり合い、蜜洞はぐっちょりと濡れていた。

そこに、猛った楔をずっぷりと咥《くわ》え込まされて、私の花筒は彼の形を覚えさせられる。

「あぁ……はぁ……久我さん、腕を、ほどいて……」

「まだ、だめだ。もう一回、達してごらん」

ずるりと雄芯を引き抜いた彼は、敏感な蜜口をヌプヌプと舐《ねぶ》った。

それから、ことさらにゆっくりと、楔を奥まで挿入していく。グチュグチュと卑猥な音を響かせ、ずぶ濡れの蜜壺を熱杭で犯していった。

最奥まで辿り着くと、とんと先端が子宮口を突く。

ねっぷりと入り口から最奥まで男根で舐め上げられて、甘い快感が全身に広がった。

「はぁん……あぁ……あん……」

久我さんは何度も蜜口から子宮口への蜜道を獰猛《どうもう》な楔で擦り上げた。

やがて快楽に爛《ただ》れた私は、腰を揺らめかせる。

「あぁ……っ、はぁ……ん……」

「表情も体の中も、とろとろに蕩《とろ》けてきたね。これからが一番気持ちのいい頃合いだよ」

がつがつと腰を使い抽挿《ちゅうそう》する彼を、私は嬌声を上げて受け止めた。

激しい律動に体が浮き上がってしまう。

「あっ、あ、あん、あぅ、はぁん……っ」

ずくずくと、もっとも感じる子宮口を先端が鋭く穿《うが》つ。

最奥まで、ずっぷりと男根を押し込んだ久我さんは、抉《えぐ》るように腰を蠢《うごめ》かせた。

凄絶《せいぜつ》な快楽に背がしなり、小刻みに腿《もも》が震える。

「あっ、あっ、いく、やぁ、あ、ん――……っ……」

快感を極めるのと同時に、ぐりっと子宮口を抉《えぐ》った切っ先が爆ぜる。また子宮に彼の子種が流し込まれた。

最後まで彼の精を呑み込んだあとは、甘い快楽の残り香に身を浸す。

……けれど心は切なくて、ぽっかりと穴が空いていた。

ぼんやりと虚空を見つめていると、久我さんは私の腕の拘束を静かにほどいていった。

「少し手首が赤くなったな。激しくしすぎた」

自戒を込めたように、ぽつりと呟いた彼は、解放した私の手首を指先で優しく撫でる。

なぜかひどく泣きたくなり、鼻の奥がつんとする。

両手が自由になった私は身を起こすと、久我さんに縋《すが》りついた。

「久我さん……！　お願い、ぎゅっとして」

抱きつくと、彼は逞《たくま》しい腕できつく私を抱きしめてくれる。

「無理やりしてすまなかった。俺が悪かった」

「ううん……。私の言い方が悪かったんです。なんだか、うまく自分の中で、久我さんとのことを考えられなくて悩んでばかりで……」

こんなあやふやな気持ちのまま、子作りをしてはいけないのかもしれない……と、私は久我さんと抱き合いながら思った。

この悩みを解消するためには、久我さんときちんと話し合わなくてはならない。

そうしたら、この関係が終わってしまうかもしれない。

でも、私がシングルマザーを望むのなら、久我さんに改めてそう言わなくてはならない。

あなたと結婚する気はなくて、子どもが欲しいだけだ、と。

そう告げたら久我さんは怒るかもしれない。だって『セフレ』という言葉に対して、こんなに怒ったくらいなのだから。

そう考えると私は久我さんに対してとても失礼で、最低な女なのだ。

私、どうしよう。どうすればいいんだろう。

初めは子どもだけでいいというつもりだったのに、今は気持ちが揺らいでいた。

抱きしめた私の髪を撫でた久我さんは、そっと顔を覗き込む。

「好きすぎて、つらいな……。きみの悩みを理解してあげたいのに、きみがわからない。俺はさやかの恋人だと認識されていないと知って、混乱してしまった」

「ごめんなさい。私……どうすればいいかわからないんです」

ぽんぽんと、久我さんは私の肩を優しく叩いた。

それから唇に、チュとキスをする。

「無理やりセックスして、さやかは俺のこと嫌いになった？」

私は首を横に振る。

久我さんを嫌いになるなんてこと、あるわけがない。

確かに縛られて切ない気持ちにはなったけれど、彼は充分に私を気遣ってくれたし、私も夢中になって快楽を貪《むさぼ》ってしまった。無理やりされても、嫌でも怖くもなかったのは、久我さんを心から信頼しているからにほかならない。

「嫌いになんてなるわけありません。私……久我さんのこと、好き……です」

告白したら恥ずかしくなり、彼の胸に顔を埋《うず》める。

きっと私の顔は真っ赤に染まっているだろう。

久我さんは、私の肩を両手で抱える。

そして真摯な眼差しで、まっすぐに私を見据えた。

「結婚を前提に同棲しよう」

「……え？」

言われたことの意味を咄嗟《とっさ》に呑み込めなかった。

結婚――

そんな選択肢が久我さんの口から出たことに、まず私は驚いた。

私が、久我さんと、結婚だなんて。

だがまだ結婚すると決まったわけではない。結婚を前提に同棲しようという提案だ。

つまりこの半同棲の形を解消して、完全に同棲しようということである。

「俺たちはセフレなんかじゃない。俺はそんなふうに思っていないということを、わかってもらいたい。さやかとは結婚を考えている。だからそれを前提に、同棲したいんだ」

私がこれまでを振り返って悩んでいる間に、彼はどんどん自分の目指す方向へと突き進んでいる。

でもそれは果たして、よいことなのか、悪いことなのか。私はいったいどうしたいのか、わからなくなってしまった。

「……あの、少し、考えさせてもらってもいいですか？」

「もちろんだよ。いい返事を、期待している」

私は曖昧に答えた。それでも、久我さんは微笑を浮かべて言った。

話が終わると、久我さんは私をシャワーに連れていって、丁寧に体を洗い流してくれる。優しいキスもたくさんしてくれた。そのたびに、私は泣きそうになるのをこらえていた。

数日後、仕事が終わった私は、姉のアパートを訪ねた。

久我さんとのことを考えたけれどまだ結論は出ず、姉に相談しようと思ったのだ。

久しぶりの訪問に、姉は快く迎えてくれた。

「さやか、いらっしゃい。スーパーの惣菜しかないけど、夕ごはん食べていきなさいよ」

「ありがとう。忙しいのに、急にごめんね」

「いいのよ。今日はバイトが休みだったから、航太のお迎えも早く行けたしね」

奥から走ってきた航太は満面の笑みで私を見上げる。

「やかちゃん！　だっこ」

甘えるように両手をバンザイして抱っこをねだるが、航太はもう三歳なので、抱っこは卒業する頃だ。

「あら〜。甘えたちゃんになったかな？」

それでも私は航太の胴を両手で持って、よいしょと抱っこした。体重十四キロは、なかなかしんどい。

部屋に入ったので下ろしても、航太は私にべったりくっついて離れない。その間に姉が夕飯の用意をしていた。

「ねえ、やかちゃん。タコさんは？」

「えっ？　ああ、お土産のタコさんね。ちゃんと持ってきたよ」

私はバッグから取り出した小さなタコの模型を航太に手渡した。

「はい、どうぞ」

「ありがと」

航太は小さな手で受け取った。

水族館のお土産を、まだ渡せていなかったのを失念していた。映画館で偶然会ったときに言ったことを、航太はしっかり覚えている。だから子どもにいい加減なことを言って誤魔化せないな……と私は肝に銘じた。

タコの模型をしばらく手で弄《いじ》っていた航太は、無垢《むく》な瞳を私に向けた。

「やかちゃん、かれち、できたの？」

「えっ、か、彼氏!?　航太ったら、どこでそんな言葉を覚えたの？」

「ママが言ってた」

……そうだった。

映画館で会ったとき、久我さんは堂々と「お付き合いしています」と宣言したのだった。そのあと姉が航太に『彼氏』という言葉を教えたのだろう。

「お姉ちゃんってば、航太に変なこと教えないでよ」

「じゃあ、なんて言えばいいのよ。久我さん、すごいイケメンだし、しかも会社の部長さんなんでしょ？　うまくいってるの？」

惣菜のパックと取り皿がテーブルに並ぶ。姉は冷蔵庫から自分の分のビールを取り出した。それから航太と私が飲む麦茶のクーラーポットも。

ごはんをよそう係は、航太だ。

踏み台に上がって、一生懸命にしゃもじを使う航太を見ていると、なぜか切ない気持ちが込み上げた。

「……うまくいってるよ。久我さんから、結婚を前提に同棲したいって言われたの……」

「えっ、そうなの？　やったじゃない！」

「でも、私たち、そんな関係じゃないっていうか……」

瞬きを一つした姉は、つと航太に目を向けた。

航太はキッチンで懸命に三人分のごはんをよそっている。

姉は声を小さくした。

「なに？　なにかあるの？」

「……元々は一夜限りの関係で、私が『子どもをください』って言ったことがきっかけだったの。だから交際しているわけじゃなくて、本当の恋人じゃないっていうか……」

「ふーん。でもさ、久我さんは結婚を前提に同棲したいって言ってるんでしょ？　それはもう、さやかのことを本当に好きになったからなんじゃないの？」

「そうなのかな……。私、シングルマザーになるつもりでいたから、結婚とか急に言われても考えられないよ」

姉は眉をひそめると、手にしていたビール缶をテーブルに置いた。

彼女は怒ったような調子で、きつく言う。

「あのね、シングルマザーがどれだけ大変か、あたしを見ていたさやかならわかってるでしょ？それに結婚のことを考えるなら自分の気持ちだけでなく、子どものことも考えてあげて。……あたしはうまくいかなかったけどさ、父親がいなくて申し訳ないって、航太に対していつも罪悪感があるのよ」

姉がそのような気持ちでいることは初めて聞いた。航太の父親は、姉が出産すると間もなく浮気をして、すぐに離婚に至った。それ以来、姉は一人で航太を育てた。

航太は日常の中で『パパ』とは、一言も言わない。なぜ保育園の中で自分だけ父親がいないのか、なんとなく察しているようだ。

今も航太は、「よいしょよいしょ」と小さく呟きながら、ごはんをよそい続けている。私と姉が込み入った話をしているのに気づいて、邪魔にならないよう気を使っているように見えた。

まだ三歳なのに。

子どもの気遣いが、どうしようもなく切なくて、涙が溢《あふ》れそうになる。

「そう……だよね。子どものことを考えてあげないといけないよね。といっても、私はまだ妊娠していないんだけど……」

「あ、なんだ。まだ妊娠してないのか。じゃあ、ゆっくり考えれば？」

妊娠していないとわかると、姉はビールをぐびぐび呑み始めた。そしてキッチンを振り向き「航太、ごはんよそえた？」と声をかける。

すると航太は頬や手に米粒をたくさんつけて、両手に私と自分の茶碗を持ってきた。

「できた」

テーブルに置いた航太は、無表情でどこか大人の出方をうかがっているようにも見える。

私は航太の頬や手についた米粒を取ってあげた。

「すごいね。頑張ってよそってくれたね」

「うん」

褒めてあげると、航太は少しはにかんだ。

姉は炊飯器の脇に残された自分の分の茶碗を手にして、苦笑いを零《こぼ》す。

「ママのは大盛りね〜」

「うん」

どうやら私と姉の話が長かったので、その間にたくさん盛ることになったようだ。

「航太、待たせてごめんね。じゃあ、ごはんにしようね」

私がそう言うと、航太は幼児用のチェアにさっと腰かけた。

「いただきます」とみんなで言って、手を合わせる。

航太がごはんを盛ってくれた茶碗の縁には、たくさんの米粒がついている。私はそれをひと粒ずつ箸で摘《つ》まんで口に入れた。姉が買ってきてくれた酢豚やマカロニサラダにも、みんなで箸をつける。

航太が保育園で習っているお遊戯のことを聞くと、いつもの調子に戻って彼は話してくれた。

和やかな夕食を終えたあとは、テレビの児童番組を見ながらまったりする。

キッチンで後片付けをしていた姉は、流水の音に紛れて独りごつように語った。

「久我さんと、きちんと話し合いなさいよ。自分の都合も大事なんだけどさ、相手の気持ちも考えてあげてね。さやかには幸せになってほしいから」

「うん、ありがとう。お姉ちゃん」

姉は、私が結婚してパートナーがいることを望んでいる。それが将来生まれてくる子どものためでもあるし、私の幸せのためでもあるということなのだ。

もう少しよく考えてみよう。迷いはあるけれど、久我さんとの関係を見つめ直そう。

そう思っていると、児童番組のエンディングが流れた。このあとは航太がお風呂に入る時間なので、それを見計らって私はこっそり帰るのがいつもの流れだ。

ところが今日は、姉が航太を促した。

「ほら、航太。お風呂に入る前に、さやかお姉ちゃんにバイバイするんでしょ」

「うん」

航太ははにかんで、お土産のタコを握っている。

もしかして、泣かないで別れることに挑戦するのだろうか。

私がバッグを持って玄関で靴を履くのを、彼は姉に付き添われて、じっと待っている。腰を屈《かが》めて航太の目線になると、私は笑顔で手を振った。

「じゃあね、航太。また来るよ」

「やかちゃん、ありがと。タコ」

航太はなにかに耐えるように、ぐっとこらえていたが、お土産のタコを握った手を振る。

「どういたしまして。バイバイ」

「……バイバイ」

よくできました……と言いたかったが、航太はくるりと後ろを向いて姉の膝に縋《すが》りついた。別れを我慢するのも限界だったようだ。

苦笑した姉は航太の頭を撫でつつ、私に手を振る。

扉を閉めた私は、甘酸っぱい思いでいっぱいになった。

やっぱり、子どもが欲しい。

恋愛や結婚ができない代わりに子どもが好き……というわけではなくて、恋愛や結婚関係なく、子どもが好きだ。

それだけは、久我さんに子どもを願ったときと変わらない気持ちだった。

けれど今や、「恋愛や結婚はしなくてよくて、子どもだけが欲しい」と言ったはずの私の主張が揺らいでしまっている。いずれ身を引くつもりだったのに、これでいいのだろうかと悩む。

それに久我さんは、恋人契約のことをどう考えているのだろう。まるで、なかったもののように扱っているのは気のせいだろうか。あの契約内容をはっきりさせなかった私も悪いのだけれど、曖昧なままになっているので、どうしたらよいのかわからない。

だからこのまま久我さんと結婚や同棲と、先に突き進んでいいものか迷いが生じていた。

いっそ、妊娠したら一歩前へ踏み出せるのだろうか。しかし、そのために子どもを利用するみたいだし、それにできていないものはどうしようもなかった。

「私が、久我さんに向き合って解決しないといけないことなんだよね……」

小さく呟いた私は、星空を見上げた。

そこには大粒の星々が、燦爛《さんらん》としていた。


その後も、久我さんは答えを急がなかった。

「結婚を前提に同棲してほしい」と言われてから、一か月ほどが経過していた。

企画部は大きなプロジェクトを抱えていて、部署内が慌ただしく、私も久我さんも仕事に没頭する日々だったのもある。週末は久我さんも疲れているだろうと思い、マンションに行くのは控えていた。

彼からお誘いのメッセージは来ていたのだが、私は『疲れたので寝ます』と返していた。実際に疲労困憊で、休日は昼頃からやっと起き出すという有様だった。

でも本当は、わかっている。

彼と話して、彼との関係が変わるのが怖いのだ。

だから仕事を盾にして、話し合いを先延ばしにしているのだった。

けれど、プロジェクトが一段落したら、そのときは――

「なんて言おう。子どもが欲しいっていうのは完全に私の都合だし、そのことばかり話したらだめよね。久我さんのことを考えたら、同棲するかどうかっていう二択になるのかな……」

社内の化粧室で、手を洗った私は独りごちた。

仕事が忙しいので、久我さんとのことをゆっくり考えている暇がないのもあり、業務の合間に考えてしまう。

そのとき、ギィと個室の扉が開く音がして、びくりとする。

誰もいないと思っていたのに、個室に誰かいたようだ。

鏡の前に姿を現したのは、村木さんだった。

どうしよう……聞かれたかな……

息を呑んで硬直している私の隣で、村木さんは化粧直しをする。

鏡を見つめてパフを頬にのせている彼女は、ちらりと視線をこちらにやった。

「吉岡さん。久我部長のこと、弄《もてあそ》ばないでもらえます？」

「えっ？　も、弄《もてあそ》んでなんていません……」

「そうかしら？　久我部長と同棲するかどうかって悩んでいるみたいだけど、あなたはそもそも子どもが欲しいだけで。久我部長とも誰とも、恋愛も結婚もする気がないんじゃなくて？」

すうっと私の体から熱が引いていくのを感じた。

村木さんは今までの私の言動や行動から察していたのだ。私が恋愛に対して不信感を持っているということを。

なにも返せない私に、彼女は言葉を継いだ。

「子どもだけが欲しいっていう女、たまにいるわよね。結婚に縛られないで、子どもという絶対的な味方だけが欲しいという気持ちもわからなくもないわ。でもそれなら、相手は独身の久我部長でなくてもいいんじゃないかしら。あなたは久我部長を本気にさせておいて、同棲はごねてるなんて、弄《もてあそ》んでいるとしか言いようがないわ」

「それは……その……」

村木さんの言い分は正論で、恋愛や結婚を望んでおらず子どもだけが欲しいのなら、別に相手は久我さんでなくてもいい。

それなのに私は、久我さんが恋愛や結婚を希望していると知りながら、どうやって子どもだけを手に入れようかと画策しているわけなのだ。

客観的に見たら、私は最低なことをしている。

なんとなくわかってはいたものの、他人からずばりと指摘されると心に重く響いた。

口紅を塗りながら、村木さんは平淡な口調で訊《たず》ねた。

「もしかして、久我部長にはプロポーズされたのかしら？」

「結婚を前提に、同棲しようと……」

私は正直に話した。

プロポーズかどうかは微妙なところだから。

「ふうん。それで子どもしか欲しくないから悩んでるわけ？　久我部長が気の毒だわ。あなたは自分のことしか考えていないのね」

村木さんの言う通りだった。

でも、彼女にこれだけは言っておきたい。

私は勇気を振り絞って、村木さんに向き直った。

「久我部長でなくてもいいわけじゃありません。私、誰でもいいわけじゃないんです」

子どもが欲しいからといって、誰でもいいわけではない。

私は、久我さんがよかった。私には彼しかいない。

もし久我さんに断られたとしても、ほかの誰にも『子どもをください』なんて言わない。

それだけは村木さんにわかってほしかった。

「あら、そうなの」

しかし村木さんは私の宣言には興味を持たなかったようで、メイク道具をしまうと化粧室を出ていった。

私も仕事に戻らなければならない。

村木さんのあとを追うようにドアを開けて廊下に出ると、向こうから久我さんがやってくるのが見えた。

気まずそうに久我さんの横を通り過ぎようとする村木さんと、俯いている私を交互に見やった久我さんは声をかける。

「待ちたまえ、村木さん」

「なんでしょうか？」

「吉岡さんになにか言ったのか？」

「いいえ、なにも」

しらっと答えた村木さんは、紅い唇を尖らせ、ぱちぱちと瞬きをしていた。そんな彼女を訝《いぶか》しげに見た久我さんだったが、すぐに表情を改めて冷静に言葉を紡ぐ。

「それならいいが。業務外のことを業務時間内に話すのは感心しない。私的なことを仕事に持ち込まないように気をつけたまえ」

それは今のことに限らず、給湯室などでの普段の彼女の姿勢に対する注意なのだろう。

苦言を聞いた村木さんは唇を噛みしめると、「はい」とだけ返事をした。

彼女が足早に去っていくと、久我さんは私に心配そうな顔を向ける。

「村木さんになにか言われたのか？」

「……少し、話しました」

「そんなに落ち込んでいるということは、仕事のことではないんだろう。俺とのことか？」

私は小さく頷いた。

今まで私がしてきたことは、客観的に見れば、久我さんを弄《もてあそ》んでいたということなのだ。

そんなことをしておいて、同棲の申し出を簡単に受けるなんて、できなかった。

「久我さん……同棲、できません」

「……なんだって？　なぜ急に、そんなことを？」

「すみません。私のわがままがいけないんです」

私は走って久我さんの前から逃げた。

久我さんの声が聞こえる。

「待ってくれ、さやか！」

私はすぐに部署のデスクに戻った。

呆然としてまったく頭が働いていなかったけれど、無理にでも頭を切り換える。

ややあって、久我さんもデスクに戻ってきた。彼は納得のいかなそうな顔をして、私にちらりと視線を送ったが、それ以降はいつも通りの態度で仕事に没頭していた。

これで、いいんだ……

衝動的に結論を出してしまったが、もう取り返しがつかなかった。それからは、迷う暇も後悔する暇などもなく、デスクの電話が鳴り響いた。

◆

さやかの様子がおかしい。

やはり先ほど、村木からなにかを言われたに違いない。

おそらく、「調子に乗るな」だとか、そういった嫉妬からくる言葉を投げつけられ、同棲や結婚について悩んでいた彼女は、それにより衝動的に同棲を断ったのだ。

あとでじっくり、さやかと話し合いたいところだが、仕事が忙しすぎて時間が取れない。

いや、時間がないというのは言い訳だ。

仕事など、どうにでもなる。人の心を掴むには、行動を起こすべきときを逃さないようにしないと、二度とチャンスは訪れないかもしれない。

今がまさにそうだ。

さやかの心が揺れ動いているときに、俺がしっかり支えてやらないと、彼女の中にある俺への信頼感が薄れてしまうだろう。

困っているときに助けてくれない男など、霞《かす》んでしまうものである。

できれば休日に話し合いたいのだが、さやかは俺を避けているようだ。同棲したら、次は結婚するのかしないのかの選択がやってくるのはわかりきっている。そして俺と結婚するという結論を出すと、彼女の初めの主張と矛盾してくる。真面目で硬いさやかのことだから、恋愛も結婚もしたくないと言ったのに、俺との同棲を承諾したら主張を翻すことになるのでよくないなどと考えているのかもしれない。

俺としては、これまで適切な頃合いを見計らってデートを重ね、半同棲から同棲、そして結婚へのステップを踏んできたつもりだ。

だがここに来て、二人が関係を持ったきっかけに立ち戻ってみる。

さやかは子どもだけを欲して俺を誘った、という形だった。もしかしたら、その形が彼女の中で継続しているのではないだろうか。俺は「恋愛しよう」と伝えたが、それもやはり順序が逆だったせいで信用してもらえていないのではないか。

だから『セフレ』などという言葉が出てくるし、結婚を前提に同棲と言われて戸惑ったのかもしれない。

彼女は俺を愛しているはずだし、今は体目当てではないとも思う。

なぜなら、俺と過ごす時間を大切にしてくれる。料理を一緒に作ったり、戯れてキスをしたり、食卓をともに囲んで会話を楽しんだりしているとき、彼女は穏やかな笑みを見せてくれる。

もし本当に俺の精子にしか用がないのなら、セックス以外の付き合いは無駄な時間と捉えて、気が乗らないはずだ。

つまり、さやかはもう完全に俺の恋人なのに、彼女の中で心の整理がついてないのかもしれない。

結婚を前提にした同棲ということになれば、さやかの心も自ずと整理されるはずだと思ってしまい、強引に話を切り出したのは悪手だったのだろうか。

この拗れた関係性を直すには無機質な文字のやり取りではなく、直接会ってじっくりと話す必要があるのだが……

そこでこのあとの予定を確認すると、高橋と得意先に出向く予定が入っていた。

窓の外を見やると曇天だった。まるで俺の心を表しているようである。

さやかを目の端で確認すると、硬い表情でパソコンに向かっていた。話しかける隙はなさそうだ。

溜息を押し殺し、俺は高橋を呼んだ。

「高橋くん。佐川商事に行くための準備はできているか？」

「はい。新商品のレジュメはこちらです」

高橋から差し出された書類に目を通していると、なぜか頭がぼうっとして内容が入ってこない。多忙すぎて熱でも出たのだろうか。高橋に任せて少し休みたいところだが、今回だけは高橋を一人で行かせるわけにはいかない。彼をこの案件の担当に推すために、俺が上司として同行しなければならないのだから。

なんとか書類を読み終え、高橋を促す。

「書類はこれで大丈夫だ。では、行こうか」

彼に書類を返して、デスクから立ち上がったとき。

くらりと目眩《めまい》がした。だがただの立ちくらみだったらしく、デスクに手をついて少し様子を見てみたがなんともない。疲れているのだろう。

鞄を手にして背を伸ばすと、すっとさやかが折りたたみ傘を差し出した。

「あの……部長。雨が降りそうですから、傘を持っていってください」

消え入りそうな小さな声だ。

周囲に気を使っているのがわかる。

「ありがとう、吉岡さん。しかし直帰の予定だから、傘がないときみが困るだろう」

俺に貸したら、さやかが帰りに濡れてしまう。

それに俺は少々の雨くらいでは傘を差さないので、借りるほどではない。

「……そうですか」

俯いた彼女は傘を胸に抱いた。

やはり元気がないのが気になるのだが、今は仕事中なので仕方ない。

さやかから気持ちだけ受け取り、一言声をかけた。

「あとでゆっくり、話したい」

はっとした彼女は戸惑いを見せる。そして曖昧に頷いてから、さやかはデスクに戻った。

その姿を確認し、俺は高橋を伴ってフロアを出る。

さやかは優しく、そして残酷だ。同棲を断ったのに傘を貸すということは、俺にまだ少なからず気持ちが残っているものだと期待してしまう。

俺には彼女しかいない。のちほど必ず話し合いの場を設けよう。

会社の外に出ると、街には雨粒が落ちていた。

高橋は鞄を探りながら嘆きの声を上げている。

「あー、折りたたみ傘を忘れました。コンビニでビニール傘を買いますか？」

「そんなことをしている暇はない。地下鉄の駅はすぐそこだ。走るぞ」

少々の雨くらい、たいしたことはない。

俺は高橋と地下鉄まで走り、得意先へ向かった。

得意先では無事に商談を終え、高橋が今後の担当となることを快く了承してくれた。

「実力のありそうな青年だ。今後に期待していますよ」

「ありがとうございます。誠心誠意、努めてまいります」

高橋はきっちり腰を曲げて、丁寧に挨拶を述べる。

人間不信なところのある高橋だが、ビジネスシーンではそれが生かされて、相手と適度な距離感を保てるので実は好感度が高い。

これで担当の件は済んだ。

ほっと胸を撫で下ろした俺も挨拶を済ませ、高橋とともに会社を出る。

先ほどより雨脚が強い。諦めて傘を購入しようとコンビニへ向かう。だがそれまでに、ずぶ濡れになってしまった。

高橋はコンビニに着いた途端、仕事の愚痴を零《こぼ》した。

「あーあ。ぼくにあそこの担当が務まりますかね。期待されても困るなぁ」

「……おまえな。さっきの慇懃な態度はどこいった。高橋なら、こなせるから自信を持てよ」

「そう簡単に持ち上げられても困りますよ。自信がないんですから」

「まったく……そういう裏表がはっきりしているところは、おまえの魅力でもあるんだけどな。困ったことがあったら、なんでも俺に相談しろよ」

さやかの言った通り、お一人さままで人間不信なせいか、高橋は彼女と共通するところがある。

表では平気なふりをしているくせに、裏では自信に欠け、一人で思い悩む癖がある。だからこそフォローが必須なので、なんでも話してほしいのだが。

そう内心で溜息をつきながらコンビニ内を探すが、なんと傘は売り切れていた。

溜息をつきたくなることの連続で、俺は目眩《めまい》を覚える。

そのとき、ぐらりと体が傾いだ気がした。

咄嗟《とっさ》に高橋が俺の腕を支えてくれて、なんとか倒れることは防いだ。

「部長？　どうしました？」

「なんだか気分が……」

高橋の手が額に触れる。彼は眉根を寄せた。

「熱があります。タクシーで帰りましょう。ぼくは家の前まで送り届けるだけなので、ベッドまでは無事に辿り着いてくださいね」

「おまえは面倒見がいいのか悪いのか、困ったやつだな……」

コンビニの前で高橋がタクシーを呼び、乗せられる。俺のマンションの住所を告げると、タクシーは走り出した。

◆

翌日、悶々としながら出社すると、久我さんからスマホに『風邪を引いて休むけど、さやかは家に来なくていいから。うつるからね』とメッセージが届いた。

私は昨日、彼に同棲を断った。まるで別れを告げるかのような一方的な言い分だったのに、久我さんからはいつものような優しいメッセージが届いて、切なくなる。

でも、もしかしたら『家に来なくていい』という文面は、もう二度と来なくていいという意味かもしれないと深読みしてしまう。

スマホを握りしめた私はかぶりを振った。

久我さんは、遠回しにそんな嫌味を言う人ではない。それに昨日、彼は会社を出る前に、「あとでゆっくり話したい」と言っていた。それはやはり同棲についてと、それを断った私の気持ちを詳しく知りたいということなのだろう。

「大丈夫かな……」

風邪の程度はどのくらいだろうか。

久我さんは一人暮らしだから看病してくれる人はいないはずだ。

私が看病してあげたい……けれど、「来なくていい」と言われたのに彼に会いに行くなんて、図々しくはないだろうか。

でも、久我さんが大変なときに放っておくなんて……

彼のことが気になるが、まさか具合が悪くて寝ているであろう久我さんにメッセージを送るわけにはいかない。

しょんぼりしてスマホをバッグにしまうと、高橋くんがデスクでくしゃみをしているのを目撃する。

そういえば、昨日は高橋くんと久我さんが二人で営業へ向かったのだった。

私ははっとして慌ててポーチを手にすると、席を立ち、高橋くんのデスクに向かう。

「高橋くん、風邪ですか？」

まだ始業時刻前なので、社員の姿はまばらだ。

高橋くんはティッシュで鼻をかみながら、私を見上げる。

「どうやら風邪の初期症状のようです。熱はありません。昨日の営業で雨に降られたのが原因ですね」

「あの、よかったら風邪薬をどうぞ」

私はポーチの中から取り出した細粒の風邪薬を、一つ差し出した。もちろん服用しても眠くならないタイプのものだ。ポーチにはほかにも頭痛薬や絆創膏など、もしものときのために一通りのものをそろえてある。

「ありがとうございます。デスクに置いてください」

ティッシュをゴミ箱に捨てた高橋くんは、ウェットティッシュを取り出しながら指示した。

言われた通り、私はデスクの端に小さな風邪薬の包みを置く。

すると彼は手にしたウェットティッシュで、風邪薬を丁寧に拭いた。

彼が言うには、他人がさわったものは雑菌が付着しているので、除菌が必要らしいのだとか……

封を切った風邪薬をさらさらと口に入れた高橋くんは、スポーツドリンクで流し込んだ。スポーツドリンクのキャップを閉めながら、彼は毒づく。

「ぼくが風邪を引いたのは、久我部長のせいですよ。営業前に傘を購入することを提案したのに」

久我さんの名前が出たので、どきりとする。

昨日久我さんは直帰だったので、彼と最後に会ったのは高橋くんだ。

「久我さんは休むほどの風邪を引いたんですよね。昨日はどんな様子だったんですか？」

「営業が終わってからですけど、ひどい熱だったので、ぼくがタクシーで部長の自宅まで送り届けました。その頃には、かなりフラフラでしたね」

「そんなに……？　久我さんはちゃんと休めてるんでしょうか？」

「さあ？　家には入ってませんので。もしかしたら玄関で倒れてる可能性もありますね」

「高橋くんったら、見届けないなんて、ひどいじゃないですか！」

「雑菌だらけの他人の家になんて入れませんよ。それに、看病するのは吉岡さんの役目じゃありませんか」

さも当然のごとく言われて、私は言葉に詰まる。

久我さんが恋人宣言をしたので、高橋くんを含めた会社の人たちは、当然私と久我さんが恋人同士だと思っている。

恋人なら、病気の看病をしてしかるべきだろう。

でも私は昨日、久我さんに同棲を断ったばかりで、そんな資格はないかもしれない。

私は目を伏せて小さく呟く。

「私は……久我さんの家に入れる資格はもうないんです……」

「資格のあるないは関係ありません。恋人である吉岡さんが部長の様子を見に行ってきてくださいよ。本当に玄関で倒れてたら困るじゃないですか」

「そうですよね……」

彼の言う通り、このまま放っておいたら久我さんは、救急車を呼ばなければならないほどの重症に至るかもしれない。

久我さんの体調を考えたら、私の感じている気まずさなんて、些細なことに思えた。それよりもずっと、彼の身が心配だった。

同棲を断って気まずいから彼の様子を見に行かない、という選択をここでしたら、きっと私は後悔する。

とにかく、久我さんの容態を確かめに行ってみないと。

そう思ったとき、話を聞きつけたらしい村木さんが目を輝かせてこちらへやってきた。

「久我部長が風邪を引いて看病が必要なんですって⁉　私が行くわ！」

「あ、あの、村木さん……」

村木さんが久我さんを心配する気持ちもわかるが、純粋に心配というよりは、看病にかこつけて久我さんの自宅に行きたいという欲求を感じた。

……彼女に、久我さんの看病をしてほしくない。

引き止めようと声をかけた私を、村木さんはアイラインを長く引いた眦《まなじり》でじろりと睨《にら》む。

「なにかしら、吉岡さん？　あなたは久我部長と恋愛も結婚もする気がないんでしょう？　そんな人に病気の久我部長を任せられないわ」

彼女から言われた台詞に、私は目を瞬かせる。

しかし、すぐにするりと素直な気持ちが口から零《こぼ》れ出た。

「私は久我さんと、恋愛と結婚をしたいです……！」

「は？」

村木さんは柳眉《りゅうび》をひそめた。

昨日はなにも言い返せなかった私が、あっさり否定したからだろう。

でも、昨日の私とは違う。

私は、久我さんと恋愛と結婚をしたいと望んでいる。

ただ、子どもが欲しいと言って関係が始まったことや、恋人契約、そして衝動的に同棲を断ってしまったなど、いろんな事情が絡んでいるので、彼とまっすぐに結婚までの道筋を辿れないだけだ。

だけど、すべての障壁を取り除けたとしたなら、久我さんとふつうの恋人同士のように楽しく恋愛して同棲して、いずれ結婚なんて平穏な幸せを築いていけたらいいな、と思っているのだ。

私自身は、久我さんと別れたいなんて露ほども思っていない。だって今も風邪を引いて大変な目に遭っているであろう彼が、こんなにも心配でたまらないのだから。

もう私は、自分からも未来からも逃げたくない。そして、恋愛への不信というトラウマにも、立ち向かっていきたい。久我さんとの、未来のために。

「なので、久我さんの看病は、私が、します」

「今さらそんなこと言っても遅いわよ。久我部長の看病をするのは私――」

そのとき、高橋くんが「ハックション！」と盛大なくしゃみをした。

唾が飛び散り、咄嗟《とっさ》に村木さんは身を引く。

「汚いわね！　風邪うつさないでちょうだいよ！」

高橋くんは「失礼しました」と言って、ティッシュで鼻をかんだ。

汚物を見るかのように露骨に嫌な目を向けた村木さんは、高橋くんのデスク周りに自前の香水をシュッシュッと撒く。

……香水で除菌はできないと思うけど……

噎せ返るような濃厚な香りが漂う中、ティッシュをゴミ箱に捨てた高橋くんは、嫌そうに眉をひそめている村木さんに向き直った。

「ぼくからはっきり言ってさしあげましょう。村木さん、あなたの完敗です」

「……はあ？」

「吉岡さんと恋人同士だと、部長は社食で宣言しました。そして吉岡さんは部長の看病をすると言いきっています。お二人は相思相愛ですので、看病に行くのは吉岡さんが適任です」

「……だから、なによ……」

「村木さんはいい加減に久我部長のことを諦めてください。いつまでも可能性のない相手にしがみつくのは、村木さんの若さを無駄遣いすることになりますから」

高橋くんの説明を、村木さんは静かに受け止めていた。彼女は香水をかまえていた手を、そっと下ろす。

「……そんなことはわかってるわ。『若さの無駄遣い』は刺されたわね……」

「わかったのならけっこうです。席にお戻りください」

高橋くんに促されて踵《きびす》を返した村木さんは、去り際に私へ向かって呟いた。

「……ふん。部長よりも、もっといい男を掴まえてやるんだから」

さらりと巻き毛を掻き上げた彼女は、自分のデスクに戻った。

村木さんは、看病することも含めて、久我さんを諦めたのだ。私に譲ったというほうが彼女の考えには近いのかもしれない。

それも高橋くんが説得してくれたおかげである。

私は、また鼻をかんでいる彼に礼を述べた。

「高橋くん、ありがとうございました」

「風邪薬の礼です。というか、ぼくは客観的事実を言ったまでなので」

「私、帰りがけに久我さんのお見舞いに行ってきますね」

「ぜひ、そうしてください。あ、ぼくへの報告は不要です」

迷いを振り切った私は、久我さんの看病をするために家を訪ねることにした。

業務を終えてからドラッグストアに寄り、熱冷ましのシートや冷却枕、スポーツドリンクなどを買い込み、急ぎ足で久我さんのマンションへと向かった。

久我さんの家に行くのは、一か月ぶりだ。

マンションに着いた私はどきどきしながら、入り口のインターホンを押す。ややあって、『はい』と久我さんが応対した。

「こんにちは。吉岡です」

『さやか、来たのか。入って』

いろいろあったからもしかしたら……と思っていたが、無下に追い返されることはなく、ほっとした。

私は丈夫だし、たとえ風邪がうつってもかまわない。とにかく彼の容態が心配だった。

エントランスホールを通り、部屋の前まで行くと、パジャマ姿の久我さんがドアを開けてくれた。

「休んでいたところを起こしてすみません。飲み物とか、いろいろ買ってきました」

「ありがとう。微熱なんだけどね。でもさやかの顔を見たら、熱が上がったみたいだ」

冗談のつもりらしいが、顔が赤いし、少しだるそうだ。

私は久我さんの背を支えると、寝室に導いた。

「玄関まで来させてすみません。寝ていてください」

寝室に入ると、乱れた布団の隅に、体温計が投げ出してあった。保冷剤などを使用した形跡はない。

私は久我さんをベッドに寝かせて、体温計を傍のテーブルに置いた。そこに買ってきたスポーツドリンクとゼリー飲料も並べる。

「水分をとってくださいね。それから冷却枕を冷凍庫で冷やしてる間、熱冷ましのシートをつけていてください」

シートを袋から取り出して、久我さんの額に貼る。そっと頬に触れると、かなり熱い。微熱なんて言っていたけれど、それでは済まなそうだ。やっぱり看病に来てよかった。

冷却シートを貼ったからか、気持ちよさそうに息を吐いた久我さんは、ベッドに寝たまま潤んだ目で私を見た。

「来るなって、メッセージを送ったのに、どうしてきたんだ」

「……放っておけなかったんです。久我さんが弱っているときに、看病できるのは、私しかいないかなって。そんなの図々しいですかね……」

「図々しくなんかない。俺には、さやかしかいないよ」

「久我さん……。でも私、同棲を断ってしまいました」

あれは私の本意だったのだろうか。

昨日から考えていたのだけれど、後悔している自分がいるのだ。

布団から手を出した久我さんは、私の手を握った。彼の手は火傷しそうなほどに熱い。

「同棲するしないのこと、一旦忘れようか」

「……はい」

「もしかして、きみが妊娠したら俺たちの関係はそれで終わりだとか考えてる？　時々切なそうな表情をするきみを見ていて、そういうふうに区切りをつけたいのかなと感じたというか。なにしろ始まりが特殊な形だったしね」

「……そういうふうに考えたこともあります。私が妊娠したら、久我さんは恋人契約の終了を告げるんだろうなって。それまでの関係だと思ってました」

　久我さんは目を瞬かせた。

　そして体を起こした彼は、私の顔を覗き込む。

「ちょっと待て。恋人契約って、なんのことだ？」

「あ……それは私が名づけたんですけど、久我さんは社食で恋人宣言をしましたよね？　あれは女除けのために、私とかりそめの恋人になるという意味だと捉えました。私が妊娠するか、久我さんに本物の恋人ができるとか、そういうタイミングで終了すると思っていたんです」

「つまり……さやかはそういう理由で、俺とはいずれ別れると、ずっと思いながら付き合っていたのか？」

「……はい。そう思ってました」

　久我さんは目元に手をやって、深い嘆息を零《こぼ》した。かなりショックを受けてしまったようだ。

　慌てた私は懸命に説明する。

「あの、だって、私が子どもをくださいと言った代わりに、久我さんは俺と恋愛しようと言いましたよね。そういう交換条件のようになっていたので、それが契約ということなのかなと思いまして……」

「確かに、そう取られても仕方ない流れだったと思う。そういえばカフェできみは契約という言葉を使っていたしね。あのときにうやむやにしたままだった俺が悪かった」

　そう言った彼はベッドから出て立ち上がると、キャビネットからなにかを取り出した。

ベッドサイドに腰かけると、小さなものを私の手に握らせる。

それは鍵だった。

「うちの合い鍵。渡しておくよ」

「えっ」

私はてのひらにある銀色の鍵を見下ろした。

この部屋の合い鍵をもらえるということは、私はいつでも入ってきていいという意味なのだ。

久我さんは私の膝に手を置くと、真剣な顔をして語り出す。

「俺は女除けのために、さやかを利用しようなんていうつもりはない。恋人だと宣言したのは、きみとの仲をはっきり示したかったからだ。俺たちの関係は一時のものではないし、終わりが来ることもない。俺たちは初めから本物の恋人だよ」

「そ、そうだったんですか……!?」

私が勘違いをしていたのだ。

一時的な関係だと思うことで、彼に本気になることを避けていたのかもしれない。どうせ裏切られる、と心のどこかで疑う自分が、ストッパーをかけていた。もしものとき、自分が傷つかないように。

かりそめの恋人というのは、臆病な私が生み出した言い訳だったのだ。

久我さんは初めから、私にきちんと向き合って、真剣に交際してくれていた。

彼は真摯な双眸《そうぼう》でまっすぐに私を見据えると、鍵を持った私の手を両手で握り込む。

「好きだ。俺のマンションで二人で暮らそう。結婚しても、子どもができても、ずっときみと一緒にいたい」

チュ、と唇にキスが降る。

そうしてから彼は私に頬ずりした。

「これで、伝わったかな？」

「はい……久我さんの想いは、伝わりました」

私は、久我さんのことが、本気で好きだ。好きだから、いずれ別れなければならないと思って、切なかった。もし子どもをもらうためだけと割り切っていたなら、こんなに苦しい思いはしなかったろう。

子どもが欲しいという思いが彼と交際するきっかけだったけれど、私は彼が好きなのだ。

「じゃあ、俺たちは、本物の恋人だな？」

「……はい。本物の恋人です」

「うちの合い鍵、受け取ってくれるか？」

「明日も久我さんの看病に来ますから、そのときは合い鍵で入りますね」

少し顔を離した久我さんは、こつんと私と額を合わせる。

「んん？　また勘違いしてないか？　合い鍵を渡したのは、看病させるためじゃないんだぞ」

「わかってますよ。でも今は風邪を治すのが先ですから、看病させてください」

「そうだな。……ああ、キスしてしまった。さやかに風邪がうつったら、俺が看病するからな」

「平気ですよ。私は丈夫なのが取り柄なので」

「じゃあ、もう一回キスしていいか？」

唇を突き出す彼を、私は笑いながら軽くいなす。

「それはだめ」

「この小悪魔め」

笑い合いながら、私は久我さんをベッドに寝かせて布団をそっとかける。キッチンへ行こうとして立ち上がると、ぎゅっと手を握られた。

「どこに行くんだ？」

「どこにも行きませんよ。キッチンでおうどんを作ってきますね。食べられそうですか？」

「食べられるけど、きみを放したくない」

具合が悪いので心許ないのだろう。

私は久我さんの額を撫でて、微笑みかけた。

「なにかあったらすぐに呼んでください。キッチンにいますから」

「わかった」

するりと彼の手を離して立ち上がる。

キッチンへ行って、まずは冷却枕を冷凍庫に入れる。そして手にしていた合い鍵を、私はエプロンを着てからポケットにしまった。

――私たちは本物の恋人だった。

改めてそう思うと、胸がじんとして甘いものが染み入る。

恋人契約というのは、私の思い違いであり、久我さんは初めから真剣に私と付き合ってくれていた。

いつの間にか私はもう、恋愛への不信感を拭えていた。もちろんそれは相手が久我さんだからだろうけれど。

一緒に過ごすうちに、彼の優しさに触れて、穏やかで幸せな恋愛を味わうことができていた。私はとっくに久我さんと恋愛していたんだ。

この先、彼と同棲して、結婚してという未来を思い描いてみると、それは容易に頭に浮かぶ。

庭で自立式のハンモックに揺られる久我さん。その周りで、私たちの子どもが遊んでいる。私はその様子を、洗濯物をたたみながら眺めている。

そして傍らでは、ハニーレモネードのグラスが黄金色に輝く。

そんな平和な日々が、永遠に続いたらいい。

想像すると、胸が甘いものでいっぱいに満たされた。

私はキッチンでうどんを作りながら、久我さんとの未来を考えた。

「あとは卵を溶きほぐして……と」

やがて醤油の香りがふんわりと広がる頃、廊下を歩く足音が耳に届く。

「美味しそうな匂いがするな」

「久我さん、起きてきて大丈夫なんですか？」

「微熱程度だからね。食べるときは起きて平気だよ」

ダイニングテーブルに腰かけた彼の前に、うどんのどんぶりを、れんげと箸とともに置く。

「どうぞ。薄味にしました」

「いただきます。――ああ、うまい。生き返るよ」

れんげでスープを味わった久我さんは、うどんを啜《すす》る。

「昨日からなにを食べていたんですか？」

「なにも。薬と水だけ飲んで寝てた」

「それじゃあ、栄養が足りないですよ。やっぱりお見舞いに来てよかった……」

迷ったけれど、来てよかった。

美味しそうにうどんを啜《すす》る久我さんを見ていると、ほっこりする。

彼には、私がいないとだめかな……

でもそれは私の存在意義を見出そうとしているだけかもしれない。

私は、久我さんの傍にいたい。そしてできるなら、彼のためになにかしてあげたい。それは病気の看病だったり、会話の相手になることだったり、ほんの小さなことでもいい。

私……久我さんと、一緒に暮らしたい。

うどんを食べ終えた久我さんは、箸を置いた。

「ごちそうさま。美味しかったよ。さやかが来てくれて、本当に助かった」

「……久我さん。私は、あなたと、同棲したいです」

自分の口から、想いをはっきり伝えた。

私の告白に、久我さんは目を見開いたけれど、それはすぐに喜びの表情に変わった。

「そうか……！　同棲してくれるか」

「はい。始まりのことに、私はこだわりすぎていました。私は久我さんの傍にいたいと思うし、あなたが病気になったりして困ったときはお世話をしたい。久我さんのことが好きだからです。その思いにようやく気がつきました」

なにより、彼との同棲の先の未来を思い描けた。その先に幸せが待っていると想像できた。久我さんがいて、子どもがいて、きっと楽しいだろうなと思えた。それが私を前へ進ませてくれたのだ。

久我さんは立ち上がると、テーブルを回り込んで私を抱きしめる。

「あっ……大丈夫ですか？」

少しふらついた彼の体を、懸命に抱き留めた。

久我さんは、ぎゅうっと私を抱く腕に力を込める。

「……平気だよ。嬉しすぎて、最高の気分だ。ありがとう、さやか。愛してる」

「久我さん……」

そんなに喜んでもらえるなんて思わなくて、私の胸にじんと染みる。

それだけ彼は、私の返事をどきどきして待ってくれていたのだ。

彼の熱い体温を感じながら、私はそっと告げた。

「私も、大好きです。……合い鍵、いただきますね」

「どうぞ、召し上がれ」

久我さんの冗談に、くすりと笑いを零《こぼ》す。

彼の額に手を当てると、まだ熱がかなりあるようだった。

「なあ、さやか。いつ、うちに引っ越してくる？」

「その前に体を休めてください。風邪が治らないうちはなにもできませんよ？」

「すぐに治るよ。そうしたら、さやかにたくさんキスをして、早く引っ越しするぞ」

「治ったらですからね」

「わかってる」

久我さんは、チュと私の額にキスを一つ落とすと、寝室に戻りようやくベッドに入った。

私はしばらく彼の様子を見てから帰ったけれど、もうしばらくして引っ越したら、帰らなくても済むようになるのだ。

それはとても素敵なことに思えた。


その後、何日か経過すると、久我さんは回復した。久我さんの看病を毎日したけれど、私は風邪を引かずに済んだ。

もらった合い鍵には、デートした思い出のイルカのキーホルダーをつけた。

いよいよ私がアパートから引っ越すとき、久我さんが手伝いに来てくれた。荷物は少ないので業者は頼まず、彼が借りた大型車で運んでもらう。

「意外と駅から遠いんだな。さやかの家に初めて案内してもらうのが、まさか引っ越しのときとは思わなかった」

「あ……そういえば、一度も私の家に来たことなかったですね」

いつも久我さんのマンションに入っていたので、機会がなかった。水族館デートのあと、家まで送ってもらうのを断ってから、ついに同棲するための引っ越しを手伝ってもらうなんて、二人の関係は劇的に変化した。

すべての荷物を運び終えた久我さんと私は、アパートを出て車に乗り込む。

彼は悪戯《いたずら》めいて片目を瞑った。

「さっきの話だけど、それでいいんだよ。同棲するために、俺の家に呼んでいたんだからね」

「え……初めからそのつもりだったんですか？」

「そうだなあ。さやかが初めて泊まるときに、ハブラシとか用意してないし……って恥ずかしそうに言うのを見て、一緒に暮らしたいなと思ったというか、そうなる予感がしたね」

「そのタイミングで、そんなふうに思うものですか……」

「だからね、きみのことが好きだから、ずっと一緒にいてほしかったんだな」

かぁっと頬が熱くなる。

私たちは、本物の恋人で、今日から一緒に暮らすんだ。

その実感が湧いて、胸がときめく。

ややあって久我さんのマンションに到着し、彼はほとんどの荷物を運び込んでくれた。

私が荷物の整頓を続けていると、ふいに後ろから強靱な腕に抱きしめられる。

「ねぇ、さやかは？　俺のこと、どう思ってる？」

「えっ、も、もちろん……好きです」

小さな声で言うと、こめかみにくちづけられた。

「嬉しいな。今日からは毎日一緒にいられる。きみが帰るときに見送るのは切なかったよ」

「……今日からよろしくお願いします。喧嘩をしないよう、気をつけますね」

「俺には言いたいことをなんでもぶつけていいんだよ。今すぐ結婚して、ってさやかが怒ったら、すぐに婚姻届を書こう」

「さすがに今すぐは……。それって久我さんの願望じゃないですか？」

「その通りだけどね。婚姻届はもう用意してあるから、俺はいつでもいい」

用意周到な久我さんに乾いた笑いが漏れる。

まだ同棲したばかりだし、結婚は少し待ってほしいという気持ちがあった。

それというのも、なんだか彼のてのひらの上で踊らされているような気がしないでもない。私の中の天邪鬼なところが顔を出し、『彼の罠に引っかかっていいの？』と意地悪に囁《ささや》いてくるのだ。

私は肩に回された腕に、そっと触れる。

「結婚は少し待ってください……。親にまだちゃんとは説明してないので」

「そうだね。焦らなくていい。しばらく二人で楽しく過ごそう。そうしたら自然に子どもができるかもしれないしね」

「子どもが……」

同棲して毎日のようにセックスしていたら、すぐにでも妊娠するかもしれない。同棲しているカップルが妊娠したらやはり、結婚という流れになるだろう。

久我さんは、ぎゅっと私を抱きしめる腕に力を込めた。

「もし妊娠したら、俺を、子どもの父親にさせてくれ」

彼は私がシングルマザーになることは望んでいない。子どもの父親になって、責任を果たすつもりなのだ。

「私はもう、シングルマザーになろうと思ってません。子どもができたら、そこに父親である久我さんにいてほしいです」

「そう言ってくれて嬉しい。……愛してるよ」

頤《おとがい》を掬《すく》い上げられ、後ろから唇を重ね合わせる。私は体の向きを変えて、彼と正面から抱き合い、キスをした。

そうしてしばらく「好き?」「好き」などと短い愛の言葉を交わしながら戯れる。

しかし、いちゃいちゃしていると、さっぱり荷物が片付かない。私は最後に久我さんの唇にキスをすると、片付けを諦めて、冷蔵庫をチェックする。

庫内には、なぜか焼き肉用の極上の肉が入っていた。病み上がりなのに、どうしたのだろう。

「今晩のおかずは、お肉ですか?」

「今日はさやかの引っ越し記念日だからね。庭でバーベキューをしよう」

ふと庭へ目を向けると、すでにバーベキュー用のグリルが準備してあった。

私が初めて彼の家を訪ねたときに、「こんなに広い庭ならバーベキューもできそう」と提案したことを覚えていてくれたのかもしれない。

「すごい！　庭でバーベキューができるなんて贅沢ですね」

「きっと楽しいよ。極上の肉を買ってあるから、あとでスーパーに野菜を買いに行こうか」

喜んだ私は、運び込んだ荷物を少しだけ整理して、久我さんと一緒に買い物に出かけた。スーパーではバーベキュー用の野菜や調味料を買い込んだ。

マンションに帰ったら、私がキッチンに立ち、野菜の下処理を行《おこな》う。ナスにミニトマト、タマネギにピーマン。エリンギもある。彩りがあって美味しそうだ。

「一口大にして竹串に刺してみようかな。それから、お肉を出してと……」

冷蔵庫を再び覗くと、そこにはハニーレモネード入りのポットがあった。そのことに、幸せを感じた私の頬が思わず緩む。

下処理を終えて庭のほうを見やると、庭で火を熾していた久我さんは、グリルに焼けた炭を入れていた。

「さやか、そろそろいいかな？」

「はい、準備オーケーです！」

私はすぐにキッチンから、皿にのせた食材を持っていく。近くで見ると、網越しに炭が赤々と燃えているのが見えた。

私は肉と、串に刺した野菜を並べていく。その間、久我さんは紙皿と紙コップをテーブルに並べてくれた。

「紙コップは実際のバーベキューみたいな気分を味わうためにな。あと、後片付けが楽なように」

飲み物はもちろん、ハニーレモネードだ。

「久我さん、ハニーレモネードが好きですよね……」

「さやかに会うまでは飲んだことなかったけどな。恋人が好きなものを好きになるって、素敵なことじゃないか」

「嬉しいです。ハニーレモネードがなくなったときが、別れのときかな……なんて思っていたので」

久我さんは少し心配そうな顔をしたあと、私の肩を優しく抱いた。

「ずっと、あるよ。俺も飲むけど、さやかが喘いで声を嗄《か》らしたときに必要だからね」

「やっぱり、そうなんですね」

私が笑うと、久我さんも安心したように笑みを見せた。

ハニーレモネードはずっと冷蔵庫にあるし、私たちは別れることはないのだ。

ほっと胸を撫で下ろしていると、グリルから焦げた匂いが漂う。

「おっと、肉を返さないと。俺の恋人と話していると夢中になってしまうから、焼き肉やバーベキューのときは注意しないといけないな」

久我さんは素早く箸を操り、肉や串を返す。かろうじて無事だった食材はやがて炭火で美味しく焼き上がり、私たちはバーベキューを堪能した。

庭の後片付けをしてから、私たちはいつものようにそれぞれシャワーを浴びて、まったりとソファでテレビを眺める。

お泊まりしても、明日はどこにも帰らなくていい……

ずっと久我さんと一緒にいられる。

そう思うと、嬉しいけれど、なんだか緊張してきた。

どきどきして鼓動が高まり、かしこまってソファに座ってしまう。

そんな私に、隣に座っている久我さんは悪戯《いたずら》を仕掛けてきた。

「どうしたの。借りてきた猫みたいになって」

まだ乾ききっていない私の髪を一房だけ掬《すく》い上げて、囁《ささや》くように問いかけられる。

「今日からずっと久我さんと一緒だと思ったら、なんだか緊張してきました……」

「そうだよ、ずっと一緒だよ。もうどこにも帰さない」

独占欲を滲《にじ》ませられ、チュと頬にくちづけられる。

ソファの背もたれに手をついた彼に、腕の檻で囲われる。どこにも逃げ場がなくなった私に、久我さんは情欲に濡れた双眸《そうぼう》を見せた。

「俺のものだよ……永遠にね」

こくん、と私の喉が鳴る。

私を捕らえた久我さんは、首筋を甘噛みしながらパジャマを脱がしていく。

「あ……ここで？」

「たまにはいいだろう？」

「でも明るくて、恥ずかしい……」

リビングは煌々《こうこう》と明かりが点いている。いつもは寝室で小さな明かりの中で抱き合っているので、こんなに明るい空間ですべてを見られるのは恥ずかしくてたまらない。

「さやかの全部を見たい。俺のもすべて見せるから。いいか？」

真摯な双眸《そうぼう》をまっすぐに向けられて懇願され、私の胸は、きゅんと高鳴る。

私たちは同棲しているのだから、どこで愛し合ってもいいんだという解放感に包まれる。

こくりと、私は頷いた。

「いい……けど、あとでベッドに連れていってくださいね」

「了解」

微笑んだ久我さんとキスを交わす。

リビングで睦み合い、愛し合った私たちは、ベッドに行ってからも深くつながった。

喘ぎすぎて私の声が嗄《か》れると、久我さんはハニーレモネードを口移しで飲ませてくれた。そうしてから彼はまた、猛った楔をずっぷりと蜜洞に呑み込ませるのだった。

五、愛する人のために

同棲は順調で、久我さんと一緒に暮らし始めてから三か月が経過した。

一つのベッドで寝起きしているので、「おはよう」と「おやすみ」はメッセージではなく、直接言えるようになった。

さらには、いつも一緒に料理をして、一緒に食事を楽しんだ。

冬になっても冷蔵庫にはハニーレモネードがストックされていて、私は彼と抱き合ったあと必ず口移しでそれを飲ませてもらい喉を潤している。

相変わらず休日は部屋でまったりしているばかりだったけれど、二人きりでいられる時間が私には幸せだった。誰にも気兼ねせずに、甘えたり、甘えられたりできるのは、心が癒やされるから。

けれど、ある日曜日、久我さんと街へ出かけることになった。

私は紺色のコートを着て、同じく紺色のコートをまとった久我さんとともにマンション内の駐車場へ向かう。

車に乗り込んだ私たちは軽やかに会話を交わす。

「なんだか俺たち、おそろいだな」

「そうですね」

改めて久我さんの服装を見ると、買い物に行くしては、きちんとした装いだ。行先は秘密らしいのだが、どこへ行くのだろう。

もしかして、久我さんのご両親へ挨拶するとか……？

コートの下は無難な紺のワンピースだからご挨拶の場でも失礼ではないと思うけど……。なんだか緊張してきてしまって座席でかしこまった。

煌《きら》めく街路を車は順調に走行する。街を行く人々はみんな笑顔で、家族連れやカップルが次々に商業施設へと吸い込まれていった。もうすぐクリスマスなので、街は華麗に飾られている。

「今日は俺の知っている店に衣装を用意してもらうよう頼んである。アクセサリーや靴も一緒に選べるから便利だよ」

「えっ、なんのための衣装ですか？」

「それはまだ秘密だ」

久我さんは片目を瞑った。

どうやら、なにかのために衣装が必要らしい。もしかして、クリスマスパーティーに連れていってくれるとかかな……？

「てっきり今日は久我さんの実家に案内されるのかと思ってました」

「残念ながら、それじゃないよ。もうすぐクリスマスでうちみたいな食品メーカーは今慌ただしいからね。新年あたりなら少しは忙しさも収まっているだろうから、実家に顔を出そうか」

「御曹司の久我さんと私が同棲してると知ったら、久我さんのご両親はびっくりして反対するかもしれませんよね……」

つい不安を口にすると、久我さんはあっさりとそれを覆す。

「もう電話では言ってあるんだ。同僚の吉岡さやかさんと結婚を前提に同棲してる、って。きみの美点をたくさん伝えておいたから、別に反対されなかったな。両親は早く実家に連れてこいってうるさいけどね」

「そ、そうだったんですか」

実は私のほうも引っ越しを機に、結婚を前提に同棲していると田舎の両親に電話で軽く話したが、反対はされなかった。母からは「いつ結婚するの?」と日程を聞かれてしまったくらいだ。

ややあって、車はパーキングに到着した。

周辺には大型の商業施設があるが、その向かいは閑静な通りで、高級そうなショップが並んでいる。

車を降りた私たちは手をつないで、ショップの立ち並ぶ通りへ向かった。

どの店も高級店らしい瀟洒《しょうしゃ》な佇《たたず》まいで、ウィンドウには高価そうなバッグやスーツが飾られている。

その中の一軒の前で、久我さんは足を止めた。

「ここだ」

彼がドアを開けると、店内には煌《きら》びやかなスーツやドレスが溢《あふ》れている。

すぐにスタッフの女性がやってきて、久我さんに挨拶した。

「いらっしゃいませ、久我様。そちらのお嬢様に似合うドレス一式でよろしいですね」

「ああ。姫のように着飾らせてやってくれ」

聞くところによると、ここは久我家の御用達の店らしい。女性は心得たというように笑みを見せた。

「承知しました。こちらへどうぞ」

私は女性に促され、奥の試着室へ向かった。久我さんはカウンターのスツールに腰かけて、私に軽く手を挙げる。

試着室はカーテンで仕切られた一室で、中は存外に広い。

そこにはピンクやブルーなど、五着のイブニングドレスがハンガーにかけられていた。どれも素敵なドレスで、きらきらと光沢を放っている。

「わあ……素敵なドレス……」

「気に入ったものをお手に取ってみてください。試着は、わたくしがお手伝いさせていただきます」

「お願いします」

こんなにドレスがあったら、どれか一着なんて選べない。ぜひ久我さんに見てもらい、意見をうかがおう。

試着室に入った私はまず、ピンクのドレスを手にした。裾がふんわりとしているので、ドレスだけれどワンピースのイメージに近く親しみやすい。

スタッフに手伝ってもらって着てみる。まるで令嬢が着るようなドレスは胸元の切り替えから、さらりと裾が広がって、動くたびにラメが輝く。

「……久我さん。着てみたけど、どうですか？」

カーテンを開けると、スツールから下りた久我さんは私の前へやってきた。彼は顎に手をやり、丹念に美術品を鑑賞するような視線で、じっくりと見つめる。

「いいね。胸元がそんなに開きすぎていないし、脚も出すぎていない。清楚な感じで、よく似合ってる」

彼にとっては露出度が問題になるようだ。

ほかのドレスも試着してみたが、久我さんは「胸元が開きすぎだ」とか「スリットが深すぎる」などと言って却下したので、結局初めに試着したピンクのドレスに決まった。

お姫様が午後に庭園を歩くときのようなドレス……といったふうのデザインなので、私も気に入ったし、久我さんの要望にも合っている。

スタッフの女性は次にハイヒールや、クラッチバッグなどをいくつも用意する。

「ドレスが決まったら、靴とバッグですね。ピンクのドレスだから同色か、白がよろしいかしら」

「同色がいいだろう。靴はこれ、バッグはこれだ。さやか、さっきのドレスを着て合わせてみて」

「は、はい」

久我さんの要望により、私は再びピンクのドレスに着替える。彼の選んだハイヒールを履いて、クラッチバッグを持ってみた。小物はドレスの色によく馴染んでいる。

こんな素敵な格好……どこかの令嬢みたい。

はにかむ私を、久我さんは目を細めて眺める。

「完璧だな。まるで女神だ」

褒めちぎる久我さんが恥ずかしくて、私の頬はどんどん熱くなっていった。

バッグの次はジュエリーケースに並べた指輪やネックレス、それにイヤリングなどを、スタッフの女性が持ってきてくれた。

「アクセサリーはいかがしましょうか？」

「そうだな。耳元だけ飾ろうか。この真珠がいい」

「かしこまりました。――ところで、久我様、お嬢様の意見は聞かなくてよろしいんですか？」

微笑んだスタッフは、次々に決めてしまう久我さんと私を交互に見やる。確かに、と言わんばかりに頷いた久我さんは、私のことをじっと見つめる。

しかし私はこんな素敵なドレスを着たこともないので、なにを合わせたらいいのかわからない。

それに――

「わ、私は久我さんの選んでくれたものを身につけたいです」

私は彼の色に染まりたい。

彼がハニーレモネードを好きになってくれたように、私も彼の好みに合わせたかった。

私の言葉を聞いた久我さんは真珠が連なったイヤリングを手にすると、ついと私の耳朶《じだ》に触れた。

純白の真珠が連なるイヤリングが耳につけられる。もう片方も、同じようにする彼に、どきどきと鼓動が高まった。

私は久我さんの手によって、極上の女に変身させられるのだと思うと、胸が熱くなった。

真珠のイヤリングをつけた私を、久我さんは優しい笑みで見つめる。

「綺麗だ……。惚れ直しそうだよ」

甘く低い声で紡がれた言葉に、かぁっと頬が火照《ほて》る。

「久我さんったら……」

「そろそろ二人のときは名前で呼んでほしいな。俺の名前、知ってるか？」

「凌河さん……」

「そう。さやかに名前で呼ばれると、ぞくっとくるな」

「や、やっぱり久我さんって言い慣れてるし、会社で間違ったら困るので、今まで通りで」

「いいけどな。さやかが呼びたくなったら、名前で呼んでくれ」

「わかりました」

はっとして、私はここがスタッフもいる店内だと思い出した。まるで家にいるのと同じように恋人同士の甘い会話を繰り広げていたのではないだろうか。

けれどそこはプロで、スタッフの女性は少し離れたところでアクセサリーをケースに戻しながら、聞いていないふりをしていた。

私はそそくさと試着室へ戻るとドレスを脱ぎ、着てきたワンピースに着替える。

靴を履いて試着室を出ると、スタッフは受け取ったドレスやハイヒールなどをすべて袋に入れた。

「お持ち帰りになりますか？」

「そうだな。すべて持って帰ろう。この真珠はつけていくから、このままで」

久我さんの指摘に、あっと私は声を上げた。

イヤリングを外すのを忘れていたのだ。

慌てて外そうとする私の手を、久我さんが制する。

「その紺のワンピースにも、似合っているよ」

「……ありがとうございます」

私は揺れる真珠のイヤリングをつけていくことにした。

紺色のコートをまとって、耳元の揺れる真珠にそっと指先で触れる。

久我さんが選んでくれたアクセサリー……大切にしよう。

イヤリングのほか購入したものがまとめて大きなショッピングバッグに入れられ、久我さんに預けられる。

「会計はいつも通りで」

「かしこまりました」

なんと、カードすら出さないらしい。けっこうな金額になると思うのだけれど。

私はそっと久我さんに聞いてみた。

「久我さん。いつも通りって……支払いはどうするんですか？」

「あとで請求書を回してもらう。ここは久我家の馴染みの店だから、融通が利いて便利なんだ」

「あの……私の着る服なので、私が払いますから」

そう言うと、久我さんは咎めるように私の唇に人差し指を押し当てた。

「これもクリスマスプレゼントのうちだ。全部俺に任せてほしい」

「でも……」

「それに、俺たちは同棲して一緒のベッドに寝てるんだから、境界を作りたくない。飲み物は飲むほうが払う、なんていちいちやるのは他人みたいだろ？」

「そう……ですね。それじゃあ、お言葉に甘えます」

私が折れないと、久我さんは私の唇から指を離してくれないと思ったので妥協した。

笑みを見せた久我さんは指を離すと、すぐに私の手を掬《すく》い上げて手をつなぐ。

スタッフはにこやかな笑顔で「ありがとうございました」と言い、店を出る私たちを見送った。

微笑む私の耳に飾られた真珠のイヤリングが、楽しげに揺れた。


いよいよ、クリスマス当日がやってきた。

あいにくの曇天なので夕陽は見られないけれど、代わりに空からはちらほらと雪が舞い落ちる。

純白のコートをまとった私は、天へ向かって手を掲げた。

「わあ……雪……」

「ホワイトクリスマスだな。寒くないか？」

久我さんは私の肩を優しく抱きしめる。私は首を横に振りつつ、甘えるように彼の胸にそっと頭を預けた。

私たちは夕刻に埠頭を訪れていた。港には豪華なクルーズ船が停泊している。

出航の準備を行《おこな》っているクルーズ船の周辺には、私たちと同じように着飾ったカップルたちが笑顔で待っていて、華やかな雰囲気が漂っていた。

私も純白のコートの中に、久我さんに見立ててもらったピンク色のイブニングドレスを着ていた。合わせて見繕ったハイヒールにクラッチバッグ、そして耳元には真珠のイヤリングを飾っている。

秘密にされたままここまで連れてこられたけれど、久我さんの計画したクリスマスの正体に、さすがの私も気づいた。

「久我さん……もしかして、私たちもこの船に乗るんですね？」

「そう。今年のクリスマスは、クルーズで豪華ディナーをしよう。俺からのクリスマスプレゼントだ」

私の胸に驚きとともに喜びが溢《あふ》れる。

こんなにおしゃれをして、クルーズで夜景を楽しみつつ、豪華なディナーをいただけるなんて、夢のような聖夜だ。

「嬉しい……久我さんと素敵なクリスマスを過ごせるなんて、本当に幸せです」

「喜んでもらえたようでよかった。今夜は楽しもう」

クリスマスは恋人たちにとって特別な日だと思うので、楽しく過ごしたい。

そのためにも、初めて二人きりのクリスマスを過ごす久我さんへプレゼントを用意していた。

ディナーのお返しにもなる。彼が喜んでくれるといいのだけれど、今から反応が気になってどきどきしている。

やがて乗船の時刻となり、久我さんに手を取られて、タラップを渡る。

スタッフに案内されてディナーの会場へ行くと、そこは豪奢《ごうしゃ》な空間だった。

丸テーブルには純白のテーブルクロスがかけられ、銀食器が整然とセッティングされている。広い窓からは埠頭の景色が見えている。

全席が窓を向いた設計なので、恋人たちは語らいながら景色を楽しめる仕様となっていた。出航したらさぞ素敵な夜景が見渡せることだろう。

コートを脱いでスタッフに預けるとき、私は小さな箱を取り出して、手の中に隠す。

照明を反射した私のドレスがキラキラと輝いた。久我さんは漆黒のタキシード姿で、とてもよく似合っている。まるで王子様のよう。

「素敵だ。俺の女神はいつでも俺に祝福をくれる」

目を細めた久我さんは私の手を取り、数あるテーブルのうちの一つにエスコートする。

彼は椅子を引いて私を座らせると、隣の椅子に着席した。

そうしてすべてのカップルが席に着くと、クルーズ船が出港を告げた。

船はゆっくり動き出し、窓の景色が移り変わる。明かりの少ない埠頭の景色は徐々に変わり、ベイサイドにそびえ立つ豪華ホテルの客室の明かりが輝いていた。

景色に見惚れていると、ソムリエがフルートグラスのそれぞれに桃色のシャンパンを注ぐ。細やかな気泡が、グラスの中でまっすぐに立ち上る。

素敵なクリスマスディナーの始まりに、胸を躍らせた。

私たちはフルートグラスの細い脚を持ち、目の高さに掲げる。

「乾杯しよう。メリークリスマス」

「メリークリスマス」

フルートグラスの縁を、そっと重ね合わせる。芳醇な香りのロゼは、口に含むと華やかなアロマが広がった。

膝の上に置いた箱をそっとテーブルにのせた私は、久我さんに差し出す。

「これ……クリスマスプレゼントです。こんなに素敵なディナーに招待してくれて、ありがとう」

「俺に、プレゼント……！　開けてもいいかい？」

「もちろん！」

驚いた顔をした久我さんは、リボンをほどいて箱を開けた。

そこにあるのは青い文字盤の時計。

「おしゃれな時計だ。すごく嬉しいよ」

久我さんは笑みを浮かべると、つけていた時計を外して、プレゼントした青の時計をつけた。彼は愛しげに文字盤を優しく撫でる。

「気に入ってもらえました……？」

「もちろん。ありがとう。大切にするよ」

よかった。彼が普段身につけている高級時計には到底及ばない金額だろうけれど、ブルーの文字盤が素敵だと思って、こっそり買って準備しておいたのだった。

微笑みを交わしていると、給仕が前菜を運んできた。

贅沢なフレンチのコース料理は、フランス産キャビアから始まる。アートのように繊細に盛りつけられたオードヴル、魚介料理は最高級のオマール海老。濃厚なアメリケーヌソースが分厚い身に華を添えている。

至高の料理に舌鼓《したつづみ》を打ちながら、刻々と変わっていく夜景を堪能する。

七色の電飾に煌《きら》めくブリッジが、暗い海に燦爛《さんらん》と浮かび上がっていた。

久我さんは上品な仕草でメインの牛フィレを切り、トリュフソースに絡めて口へ運んでいた。

メイン料理を食べ終えると、次はデセールだ。

だが、紅茶のみが提供されて、私たちのデセールがない。ほかのテーブルには果実とソルベで彩られた皿が提供されている。

首を傾げたとき、すっと席を立った久我さんがスタッフから薔薇の花束を受け取った。

それを彼は、私に捧げる。

「俺から、クリスマスプレゼントだ」

そう告げた彼の後ろから、ワゴンにのせられた、ホールケーキが登場する。

私たちだけ、特別のデセールだったのだ。

大輪の薔薇の花束を受け取った私は、こらえきれず笑みを弾けさせた。

「ありがとう！　……びっくりした」

彼からのサプライズに、今さら心臓が跳ねた。

片目を瞑った久我さんとともに改めて席に着くと、薔薇をかたどったクリームで飾られたホールケーキが私たちの前に置かれる。スタッフは大きな薔薇の部分をケーキナイフで切り分け、私の皿に盛った。久我さんには小さな薔薇の箇所だ。

私は薔薇の花束をテーブルに置き、甘いケーキをいただく。

すると、テーブルに置いていた薔薇の花束の一部が、照明を反射してきらりと輝くのが視界に入った。

なんだろう？

不思議に思った私はフォークを置くと、真紅の薔薇をそっと指先でかき分けてみる。

「どうした、さやか」

「薔薇の花がキラキラ光ってるんです……あら？」

指先に触れていた高貴な薔薇の花びらの中に、小さな硬いものがあった。

掬《すく》い上げてみると、それは指輪だった。

リングには大粒の石がついている。その極上の煌めきは、ダイヤモンドだ。

こんなに高価な代物が、花束の中に紛れ込んでいたなんて……！

輝く貴石を手にして、私は息を呑む。

「く、久我さん！　ダイヤモンドの指輪が……」

彼を見ると、真摯な表情とぶつかる。

その瞬間、私はダイヤモンドの指輪を花束に入れたのが誰なのか察した。

そして久我さんは、ゆっくりと、噛みしめるように言う。

「結婚してくれ」

呆然としている私の手から指輪を掬《すく》い上げた久我さんは、恭しく私の左手を取った。左手の薬指に、すっとダイヤモンドの指輪が嵌められる。

「え……プロポーズ……なの？」

驚きすぎて、私はまだなにが起こったのか理解できない。

私の左手を握りしめた久我さんは、真剣な双眸《そうぼう》をまっすぐに向けた。

「生涯大切にして、きみを守り通すと誓う。だからきみの人生を、俺にくれないか」

「凌河さん……」

彼の真摯な想いが伝わる。

久我さん――ううん、凌河さんはいつも私を見守ってくれた。彼の愛が、私を恋愛に対するトラウマから解放してくれたのだ。

私はとうに彼を愛していたけれど、これからは恋人ではなく、生涯の伴侶となる。

結婚したい。ずっと彼とともに人生を歩んでいきたい。

臆病だった私の意識を変えてくれたのは、いつだって凌河さんだった。

涙を浮かべながら、私は頷いた。

「……はい。私と、結婚してください」

そう答えると、安堵した笑みを見せた凌河さんは立ち上がり私の座る席までやってくると、私を抱きしめた。

私もそっと腕を回し、彼を抱きしめ返す。

場内には大きな拍手が湧き起こり、人々の笑顔が溢《あふ》れる。私たちはたくさんの人に祝福され、人生において大切な儀式の一つであるプロポーズを成功させたのだった。


やがてクルーズ船はコースを一周して、出発地である埠頭に到着する。

煌《きら》めくダイヤモンドの指輪をはめて、薔薇の花束を抱えた私は、凌河さんの腕に手を回して下船した。

「ありがとう、凌河さん。一生の思い出になりました」

「クリスマスのサプライズはまだ終わらないよ。これからが本番だ」

どういうことだろうと首を捻っていると、下船した港からすぐ近くにある高級ホテルに彼は足を向けた。

「今夜はこのホテルに泊まろう。今日は恋人としての最後のクリスマスだから、情熱的に過ごしたい」

プロポーズを受けた私たちはもうすぐ結婚する。つまり今夜が恋人として過ごす最後の夜になる。

そしてそんな大事な日を祝して抱き合いたい、と彼は望んでいるのだ。

彼の言葉に、かぁっと頬が熱くなってしまう。建物の外はとても寒く雪がちらついているが、そんな雪すらも溶かしてしまいそうに熱い。

凌河さんに案内されて私はホテルに足を踏み入れた。

豪奢《ごうしゃ》なシャンデリアが輝くホールには、煌《きら》めくオーナメントの飾られたクリスマスツリーが鎮座している。

チェックインを終えた凌河さんに連れられてエレベーターに乗り込むと、彼はカードキーをかざして最上階のボタンを押した。

到着した最上階の部屋は、豪華なスイートルームだった。

大きな窓から望める夜景は、宝石をちりばめた海のよう。

キングサイズのベッドには、薔薇の花びらでハートのマークがデコレーションされている。特別仕様のスイートルームに、感嘆の声を上げた。

私はサイドテーブルにそっと、抱えていた薔薇の花束を置いて、部屋の絢爛《けんらん》さに思わず溜息をついた。

「なんて素敵なの！　ベッドに寝るのがもったいないくらい」

「そういうわけにはいかないよ。今夜はこの花びらが一枚も残らないくらいに乱れてもらわないとね」

背後から抱きしめて、耳元で囁《ささや》く凌河さんに笑みを向ける。

チュ、と私たちは軽くキスをした。

「……なんだか恥ずかしい。いつもキスしてるはずなのに」

「特別な夜だからね。恥ずかしがるきみも可愛いよ」

そう言って凌河さんは私の背に手を滑らせ、ドレスのファスナーを引き下ろした。

さらりと、床に落ちたドレスが煌《きら》めく水溜まりになる。さらに下着も脱がされ、私が身につけているものはダイヤモンドの指輪、そして真珠のイヤリングのみになる。

裸の私を見つめた彼は、目を細めてタイを外した。

「綺麗だ。触れてもいいかい？　俺の女神」

「も、もちろん……どうぞ」

彼が大仰に言うものだから、なんだか気恥ずかしくなる。

凌河さんこそ、まるで王子様のように凛々しいのに。

恥ずかしいけれど、私は背を伸ばして彼に素肌を曝《さら》した。私の一番美しい姿を、見てほしいから。

タキシードのジャケットを脱いだ凌河さんは、ほうと感嘆の息を吐く。

彼は両手で私の髪を撫でると、そのまま頬を滑り下り、首筋から鎖骨を辿った。

まるで神々しい女神像を撫でるように、丹念に手で触れていく。

どきどきと私の心臓が高鳴る。けれど大きなてのひらは胸を通り過ぎ、胴を撫で下ろした。

「え……どうして？」

思わず声に出してしまう。それだけ私は期待していたのだと気づき、口元に手をやった。

その手を取って、指先にくちづけた凌河さんは、悪戯《いたずら》めいた目を向ける。

「さやかは胸をさわってほしいのかい？」

「あ……その……」

ちゅ、と唇にキスした彼は、私から言葉を引き出すためなのか、脇の下を撫でる。

まだ触れられていない胸が、うずうずとして、ふるりと乳房が揺れた。

視線をさまよわせた私は、小さく口にする。

「……さわって」

「どこを？」

凌河さんはまた唇にキスをして、それから頬と瞼にもくちづけた。

キスの雨と彼の甘い囁《ささや》き声に、私は陥落する。

「おっぱい……」

「上手に言えたね。いい子だ」

脇から寄せられた両手が、乳房を丸ごと包み込む。

彼の大きなてのひらで円を描くように揉み込まれた。甘い快感に私は陶然とする。

ほう、として半開きになった唇に、またくちづけられて、濡れた舌が下唇をなぞる。

「さやか。舌を出して」

「ん……」

彼の言う通りに舌を出すと、獰猛《どうもう》な舌に搦《から》め捕《と》られて、濃密に絡められる。チュクチュクと濡れた舌を擦り合わせながら、凌河さんは揉みほぐすかのように乳房を丁寧に愛撫した。彼のてのひらの中で、擦れた乳首はすっかり勃ち上がっている。

きゅっと、乳首を指先で抓《つね》られて、びくんと肩が揺れた。快楽が胸の突起から、腰の奥まで突き抜けていく。まださわられていない蜜口が、じゅわりと濡れた。

「あっ、あん……」

悪戯《いたずら》な愛撫を仕掛けても、彼は濃厚なキスから解放してくれない。

舌先を突いて、ぬるりと舌を掬《すく》い上げて絡め、擦り合わせる。両の乳首は指先で押し潰しては、捏《こ》ね回された。敏感なところへの刺激が甘い疼きに変わり、私はうずうずと膝を擦り合わせた。

少し顔を離すと、互いの唇に銀糸が伝う。

間近から見つめてくる凌河さんは凄絶《せいぜつ》な雄の色香をまとっていた。

「もう、濡れてる?」

「ん……」

私は曖昧に頷く。

キスと胸への愛撫で、濡れてしまった感触がある。

凌河さんは下肢に伸ばした手で、やんわりと花びらを探った。

すると、クチュ……と濡れた音が淫猥に鳴る。

私は顔を熱くした。

そんな私を嬉しそうに、凌河さんは目を細めて見つめる。

「すごいな。ぐっちょりだ」

「あ……だって……気持ちよくて……」

彼は手を離そうとはせず、花びらを擦るように指を前後させた。

そうすると、掻き出された蜜液が、たらりと指を伝い落ちる。

「あっ、あっ……漏れちゃう……」

「いっぱい漏らしていいんだよ。感じてるきみは素敵だ」

耳元に甘く低い声音でそんなことを吹き込まれたら、体の奥からさらに蜜液を滴《したた》らせてしまう。

蜜液は彼の手をしとどに濡らし、太腿《ふともも》を滑り下りた。

「さぁ、バスルームで洗ってあげるよ」

バスルームへ行ったら、さらなる濃密な愛撫が待ち受けていると思うけれど、このままでは恥ずかしすぎる。だって室内で全裸になって、まだ服を着ている凌河さんに愛撫されて喘いでいるのだ。

「凌河さんも脱いでほしい……。私だけなのは恥ずかしくて」

「いいよ。また二人で体を洗いっこしよう」

横抱きにされ、私はバスルームへ連れ去られる。勢いで私の足から脱げたハイヒールが、ころりと床に広がった。

浴槽には真紅の薔薇の花びらが浮かんでいた。

芳醇な薔薇の香りに満たされた浴室内には瀟洒《しょうしゃ》なデザインの洗面台と、ガラスのドアに仕切られたシャワールームがある。外資系のホテルだからか、浴槽とシャワーが別室になっている作りだ。

カマーバンドを外し、シャツとズボン、そして下着と、すべてを脱いで全裸になった凌河さんは、服をまとめて洗面台のカゴに入れた。

彼の裸身は名匠が丹精込めて彫り上げた彫像のごとき美しさで、何度見ても惚れ惚れしてしまう。

それに……直視できないけれど、凌河さんの楔はすでに屹立していた。

彼は私とのキスと、胸への愛撫で昂《たかぶ》ったのだ。

もちろん私の体も凌河さんの愛戯により、とろとろに蕩《とろ》けている。

彼はガラスのドアを開けると、私の腰を抱いて中へ招き入れた。

シャワーのコックを捻り、私の体を濡らしながら、彼は手にしたスポンジにシャワージェルをとろりと垂らす。シャワールームには花の香りが漂った。

「こうしてホテルで洗いっこするのは久しぶりだね」

「そうですね。なんだか緊張します」

「硬くなってるきみも可愛いよ。全身くまなく洗ってあげるからね」

凌河さんが私の首筋にスポンジを滑らせたので、くすぐったくなり、首を竦める。

目を合わせた私たちは、微笑みを交わす。

「またなにか悪いことを企んでません？　凌河さんの目がすごく楽しそうなんですけど」

「そりゃあ、好きな女性とエロいことするんだから楽しいに決まってる。でも、さやかが嫌がることはしないよ。知ってるだろ？」

「それはわかってますよ。だから……好きにしてください」

「ん？　そんなこと言っていいのか？」

駆け引きを楽しみながらも、スポンジは素肌を滑り、上半身は泡だらけになっていく。

だけど凌河さんは両の乳房だけを洗わずに残していた。

だから私はあえて指摘してみる。

「ここだけ……残ってますよ?」

「うん。ここはね、敏感な部分だから、俺が手で洗ってあげるよ」

そう言ってスポンジを置いた彼は、泡のついた大きなてのひらで、両の膨らみを覆った。

ぬるぬると手が滑り、乳房を揉み上げていく。

「あっ……ん、はぁ……」

官能的な愛撫に体が熱を帯びていく。甘い喘ぎがこらえきれない。

彼はまったりと円を描いて膨らみを愛でつつ、人差し指で紅い突起を捏《こ》ね回した。

そんなふうにされたら、体中に悦楽が広がってしまう。

「あ、あ……凌河さん、そんなに、いや……」

「いや、ということは、もっとしてほしいのか?」

「あ、そうじゃ……なくて、胸ばかりじゃなく……ほかのところも、してくれないと、いや……」

私は顔を熱くしながら願いを口にした。

凌河さんが、私に恥ずかしい台詞を言わせたいのだとは察しがついているけれど、彼の罠に嵌まってしまった私は容易に抜け出せない。

唇に弧を描いた凌河さんは、再びスポンジを手に取ると、太腿《ふともも》に滑らせた。

振り返って見た。

「そうだな。下半身も洗ってあげないと」

太腿《ふともも》から膝下をスポンジで擦られ、体の向きを変えられる。

「背中を向けてね。腰は突き出すようにして」

丹念に擦られたものの、まともに洗って終わるはずもなく、私は尻を撫でる凌河さんを首だけで振り返って見た。

「あの……どうして、お尻を突き出すようにって……きゃ！」

身を屈《かが》めた彼は、花びらを指先で丁寧に擦ってくる。そんなところまで洗われたのでは、羞恥で耳まで熱くなる。

だが凌河さんは楽しげに私の体を弄《いじ》っている。

「もう少し、脚を開いて。そう……」

ぬるま湯のシャワーが秘所にかけられて、泡を洗い流した。

すると身を屈《かが》めた凌河さんの舌が、ぬるりと花びらを舐めしゃぶる。さらに彼の指が前へ回され、淫核を捏《こ》ね回す。前と後ろからの甘い攻めに、私の背が快感でしなった。

「あぁっ、両方は……はぁ……んっ」

「気持ちいいだろう？　このまま達してもいいんだよ」

シャワーの水音に紛れた、クチュクチュという淫靡な音色が耳奥まで掻き回す。

蜜口からは快感に溺れていることを知らせる蜜液が、とろとろと滴《したた》り落ちた。

それを凌河さんは、音を立てて啜《すす》り上げる。

愛芽への愛撫も、いっそう激しくなり、指先が淫猥に蠢《うごめ》く。私は大理石の壁に縋《すが》りつきながら、腰を突き出した淫らなポーズで、太腿《ふともも》を小刻みに震わせた。

「あっ、あん、はぁ、いく……い、く――……っ、あっ、あ、ぁ……」

がくがくと腰を震わせて、体に溜まった快感を放出する。

けれど、まだ決定的な刺激にはならず、物足りなさが腰の奥に渦巻いた。

気持ちよくなるほど、空洞の胎内を意識してしまう。

頽《くずお》れるそうになる私の体を支えた凌河さんは、ぎゅっと抱きしめる。

「イッたね。すごく甘い声で、気持ちよさそうだったよ」

呆然とした私は逞《たくま》しい彼の腕にしなだれた。

すると獰猛《どうもう》な雄芯が腹部に当たり、はっとする。

私ばかりでなく、凌河さんにも気持ちよくなってもらいたい。

強靱な腕に包まれていた私は顔を上げた。

「あの……今度は凌河さんを洗ってあげます」

「ありがとう。……もしかして、エッチな洗い方をしてくれるの？」

凌河さんの目が期待に満ちて煌《きら》めいている。

スポンジを手にした私は頬を引きつらせた。

「エッチな……というと？」

凌河さんは、私をやんわりと抱擁した。私の体が泡だらけなので、彼の厚い胸板に、ぬるりと肌が滑る。

「抱き合ったまま、俺の背中を洗ってみて？」

「えっと……こうですか？」

前から腕を回して、懸命に広い背中を擦る。そうすると私の体が動くので、泡だらけの肌を強靱な胸板にいっそう擦りつけることになった。

ぬるぬると乳房で彼の胸板を洗うような格好になってしまい、擦れた乳首が、ぴんと勃ち上がる。

「あ……ん……胸が、擦れて……」

「最高だよ。くっついたまま、下半身も洗ってほしいな」

「くっついたまま……こうですか？」

私はスポンジを彼の尻に滑らせながら、徐々に屈《かが》んでいった。ぬるりと滑り下りた乳房が、割れた腹筋を泡で洗っていく。

すると、硬い楔が胸の谷間にすっぽり入ってしまった。

愛しい楔を洗ってあげよう。

私は体を上下させて少々のコツを掴むと、胸の狭間で男根を擦り上げた。

凌河さんは首を反らし吐息を零《こぼ》す。

「あぁ……すごく、いいよ……」

褒美のように彼は私の頭を優しく撫でた。

私は胸に挟んだ先端を、舌を差し出して舐めてみる。

「あっ……さやか、それは……！」

普段はクールな凌河さんが焦っている。もっと気持ちよくなってほしくて、私は口を開けて先端を口腔《こうこう》に含んだ。

唇を窄《すぼ》め、ジュッと音を立てて吸い上げる。舌を蠢《うごめ》かせて丁寧に括れを辿り、先端の孔をくじる。乳房を揺らして、挟んだ幹を擦り上げると、頭上から切迫した呻き声が聞こえた。

「くぅ……もう、イキそうだ……離してくれ……」

「ん、んっ……このままイッてください。私の口の中に出して……」

「飲むつもりか!?　だめだ、それは……」

凌河さんは必死に腰を引こうとするが、私は彼に最後までしてあげたくて、雄芯を咥《くわ》え続ける。

ぶわりと楔が膨れ上がった拍子に、口から外れてしまった。

「あっ……！」

放出した精が、私の顎から鎖骨にかけてかかり、とろりと垂れ落ちる。

最後までうまくできなかった……

しょんぼりした私はそれでも彼の精を味わいたくて、顎にかけられた愛しい人の体液を指先で掬《すく》い、舌で舐めてみる。凌河さんは慌てた様子で私の両肩に手を置いた。

「さやか！　なんてことを……」

「だって、凌河さんは私のを飲んでくれるでしょう？　私も同じように愛したかったんです」

「きみって人は、まったく……」

嘆息した彼はシャワーを手にすると、私の顎から胸元にかけて垂れた精を洗い流した。それとともに泡も流れ落ちていく。

屈《かが》んでいた私は立ち上がって、凌河さんの強靱な胸にそっと手をついた。

そうすると凌河さんはシャワーを回して、私の背中から尻まで、丁寧に手で撫でさすりながら、お湯で流した。

「凌河さん……呆れました？　私……やりすぎたんでしょうか」

「いいや。呆れるなんてことはないよ。ただ思いのほかきみが積極的だったんで、びっくりしただけ。それだけ俺は愛されてるんだなとわかって嬉しいよ」

「よかった……」

ほっと安堵すると、凌河さんは自らもシャワーを浴びて、体についていた泡を洗い流した。

「さやかが『同じように愛したい』って言ってくれるのはすごく嬉しい。でも精液を飲ませるのは俺としてはちょっと抵抗があるんだ。それよりは、きみの胎内に放ちたい」

シャワーを終えると、凌河さんは私を抱きしめて、チュと唇にキスをした。

「だからといって、俺の言う通りにしろだとか、そういうわけじゃない。二人で相談しながらいろんなことを試していこう」

「はい。……でも、焦ってる凌河さんを見るのは楽しかったです」

抱きしめ返すと、笑った彼は私の耳朶《じだ》を甘噛みした。

「小悪魔だな。きみには初めから翻弄されっぱなしだ」

「そんなことないですよ。私も凌河さんに翻弄されて、デートしたと思ったら同棲して、いつの間にかプロポーズを受けてるし、なんだか夢みたいです」

「夢じゃないよ。その証拠に、これからきみはたくさん快楽に喘ぐんだ」

情欲の籠もった目を向けられて、かぁっと体が熱くなる。

シャワールームで体を洗うだけでも充分に快感を得たというのに、さらに喘がされると聞いて、どきんと私の胸が期待に高鳴る。

凌河さんに腰を抱かれてシャワールームを出る。ひんやりしているバスルームが肌に心地よい。

「次は薔薇の風呂に浸かろうか。俺がきみを抱きしめているから、俺の上に体を横たえるといい」

薔薇の芳香が漂うバスタブに、凌河さんは足を入れた。

くすりと笑んだ私は、彼に手を取られて浴槽を跨ぐ。

「凌河さんったら、またエッチなことする気じゃないですか？」

「それはもちろん……こんなに魅力的なきみを前にして、なにもしないわけにはいかないな」

胸を躍らせた私は凌河さんとともに、薔薇の浮かんだバスタブに体を沈める。

彼に後ろから抱かれて脚を伸ばすと、湯の中で彼の脚と絡み合った。強靭な腕で私を抱きしめた凌河さんは、ちゅ、ちゅと首筋や耳朶《じだ》に軽いキスを落としていく。

高貴な薔薇の香りの中の、甘い抱擁が心地よい。

私は湯に浮かんだ薔薇の花びらをてのひらで掬《すく》い上げる。鼻先に近づけて、気品に満ちた香りを吸い込んだ。

するとと彼の両手が、湯の中でたゆたう乳房を揉み込む。

シャワールームで散々愛撫された体は、瞬く間に快楽の火を燃え上がらせた。

「あっ！　あんん……」

「薔薇の香りをまとったきみはすごく綺麗だ」

耳元で囁《ささや》いた凌河さんは激しく胸の膨らみを揉みしだき、紅い突起を指先で捏《こ》ね回す。そうされると、きゅんと腰の奥が疼いてしまう。まだなにも咥《くわ》えていない体の奥が、うずうずしてたまらない。

じわりと愛蜜が滲《にじ》んだ気がして、私は膝を閉じた。

それを咎めるように凌河さんの脚が、下から私の膝の間に割り入る。

「あっ……ん、やだ、漏れちゃう……」

「どうなってるか、確かめてあげよう」

脚で私の膝を開かせた凌河さんは、胸から下ろした手で花びらを探った。

つぷり、と蜜口に指が挿入されて、軽く掻き回される。

それだけでもう、媚肉は待ち望んでいた刺激に、きゅうんと収斂して指を食いしめた。

「あ、あん、んん……」

「そんなに挿《い》れてほしかった……？」

甘く低い声音が耳に吹き込まれる。私は魔法にかかったように、がくがくと頷いた。

「凌河さんの、太いの、挿《い》れて……」

「いい子だ。じゃあ、脚をもう少し広げてみようか」

指を引き抜いた彼は、両手で私の膝裏を支え持ち上げる。

脚を抱え上げられ、足首をバスタブの縁に引っかけられた。これでは身動きがとれない。私は浴槽に沈まないよう、手で縁を掴む。

「手はね、とりあえずそこでいいよ」

「と、とりあえず……？」

「俺とつながったら、溺れたりしないから安心して。……挿《い》れるよ」

大きく脚を広げた私の秘所は、ゆらりと開いた花びらが揺れている。凌河さんはそこに、ずぶりと剛直を埋め込む。

「あっ……はぁ……っ」

蜜口をいっぱいに押し広げて、ずくずくと熱い肉棒が押し入ってきた。

空虚だった胎内がようやく満たされ、愛しい人の雄芯でいっぱいになる。その充溢感に陶然として、指先から力が抜けた。

バスタブの縁を掴んでいた両手が、するりと落ちる。支えを失った私の上半身は湯の中に沈む……と思ったが、凌河さんが私の体ごと抱きしめていた。

「こうして抱きしめていれば、安定感があるだろう？」

「は、はい……」

私の手は胸の前で交差して、彼にきつく抱かれている状態だ。

溺れる心配はないけれど、足はバスタブの縁に引っかけているので、やっぱり身動きがとれない。

楔で貫かれたまま、薔薇の檻に閉じ込められているかのよう。

浅く息を継いでいると、背後で凌河さんが淫猥に囁《ささや》いた。

「さてと……何回くらい、イかせようかな」

「あ、そんな……」

戸惑いと期待が交差する。この体勢では、腰を突き上げる彼の意のままにされてしまう。

けれど凌河さんは、ゆるりと腰を回した。私の胎内を、味見するように。

「あ、あっ……」

それだけで媚肉と蜜口が舐《ねぶ》られて、甘い快感の波が押し寄せる。続いて、ぐい、と腰を突き上げて、楔を押し込まれる。最奥を先端で穿《うが》たれ、ぶるりと体が快感に震えた。

すると凌河さんは片手で悠々と私を抱きしめ、もう片方の手を股へ滑り込ませる。

器用に指先で包皮を剥き、剥き出しになった淫芽をゆるゆると撫でさする。

楔を挿入されて胎内がいっぱいになっているのに、淫芽も愛撫されたのでは、たまらない。

しかも私の両腕は彼の手により拘束されていて、足もバスタブに引っかけたままだ。どうすることもできず、濃密な淫戯を受け入れるしかない。

焦った私はわずかな抵抗をして腰を揺らめかせた。

「あ……両方なんて、いや……すぐにイッちゃう……」

「何度でもイかせるから、遠慮なく達するといい」

凌河さんは激しく腰を突き上げた。何度も、何度も、獰猛《どうもう》な熱杭が媚肉を擦り上げる。そのたびに私の体は淫らに揺れて、ちゃぷちゃぷと湯を波立たせた。

するとと淫芽に触れていた指先に自分から擦りつけるような動きになり、ぶわりと快感が膨れ上がる。

「あ、あっ、あん……いく……あ、あぁん……」

「イッていいんだよ」

きゅう、と濡れた媚肉が咥《くわ》え込んだ雄芯を引きしめた。

愛しい楔をずっぷりと呑み込み、目眩《めまい》がしそうなほどの悦楽に溺れる。

「あっ、あっ、はぁ、あ――……っ……」

がくがくとバスタブにかけた脚が小刻みに揺れた。

仰け反った私は白い世界に没入しながら、胎内を犯す肉棒と、淫芽を舐《ねぶ》る指先が与える快楽のみを追う。

「あぁ……はぁ……」

「上手にイけたね。可愛いよ」

快感の尾を引きながら、爪先まで甘く痺れる。ぐったりして強靭な胸に凭《もた》れかかった。

けれど凌河さんはまだ、ゆるゆると淫芽を弄《いじ》っているので、快楽の熾火は体で燃え続けている。

「もう一回……と言いたいところだけど、さやかがのぼせそうだから、このくらいにしておこうかな」

私の足をバスタブから外した凌河さんは、まだ呼吸の整わない私の体を横抱きにする。私は薔薇の花びらをまとわせながら、ベッドに運ばれた。

濡れた体をバスタオルで足先まで丁寧に拭かれる。ずぶ濡れになったベッドスローを剥がした凌河さんは、純白のシーツに私の体を横たえた。

彼もバスタオルで体を拭くと、ふと私の乳首に残っていた花弁に気づいた。

「こら。しつこいやつだな」

彼が花びらを咥《くわ》えるとき、乳首に唇が押し当てられた。

「あっ、ん……花びらに嫉妬ですか？」

くすくすと私が笑うと、腰に手を当てて小首を傾げた凌河さんは、唇からほろりと花びらを落とす。そうしてから彼は私の体に覆い被さり、腰についていた花びらも噛みつくように口に咥《くわ》える。

指先で口元の花弁を摘《つ》まんだ凌河さんは、悪辣な笑みを浮かべた。

「まだ花びらが残ってないか、体のすべてをチェックしないとな」

そう言って私の唇にキスをした彼は、歯列を割って舌をねじ込んだ。そんなところに花びらがあるわけはないのに、舌で執拗に口腔《こうこう》をまさぐる。ぬるりと歯列をなぞり、口蓋を突く。

敏感な口蓋への愛撫に、びくんと体が跳ねる。すると、宥めるように大きなてのひらで肩をなぞられた。

舌を掬《すく》い上げられ、互いの舌を濃密に絡め合わせる。

クチュクチュと絡まる二人の唾液が淫靡な音色を奏でた。

「ん……ふ……んく……」

官能的なキスに胸を喘がせる。

唇が離れると、二人を煌《きら》めく銀糸がつなぐ。

ふっと微笑んだ凌河さんは、私の唇をぺろりと舐めた。

「ここには花びらはないかな」

「もう。わかってるくせに……」

「それはどうかわからないよ。きみの体の隅々までキスしてみないと」

首筋に唇を押し当てた彼は、ちゅっと吸って所有の徴《しるし》をつける。それから鎖骨や胸元にも同じように雄々しい唇で吸いついた。

私の胸元は彼の傲慢なキスで紅い花びらが咲いてしまった。

それから胸の尖りにも。

チュウ……と吸いつかれて、すでにたっぷり愛撫されていた乳首はさらに硬く張りつめる。

「あ、あん……」

執拗に吸われながら、ゆっくりと大きな手で乳房を揉み込まれる。

甘い快楽に陶然としていると、突起を甘噛みされて、びくんと体が跳ね上がる。

しかしすぐに癒やすかのように、乳首を舌で優しく舐《ねぶ》られた。

「あぁ……もう……」

優しいのと激しいのを交互に繰り返していくうちに、すっかり翻弄された体はぐずぐずに蕩《とろ》ける。

「ほかのところも花びらを探してほしい？」

「ん……探して……」

ねだるように甘い声を出すと、凌河さんは臍にくちづけながら、太腿《ふともも》を撫で下ろす。すぐに秘所にはいかずに、太腿《ふともも》から膝頭、そして足首にまで丁寧にキスを落としていく。チュ、チュッと痕をつけていくキスが、くすぐったくて身を捩《よじ》らせた。

自らの唇を舐め上げた凌河さんは、獰猛《どうもう》に目を細める。

「おっと……俺がつけた花びらだらけになってしまったな」

「こんなにつけなくても、私はあなただけのものなのに……」

「好きすぎて、たくさんつけたくなるんだ。それじゃあ、ここにも……つけてしまおうかな」

膝を抱え上げられ、ついに秘所を曝《さら》される。

とはいえ、今まで散々愛撫されて挿入されているので、秘所はもうほぐれているはずだ。それなのに彼は初めて愛撫するかのように、丁寧に花びらを舐め上げる。それから蜜口に舌をねじ込み、雄芯を出し挿《い》れするかのように蠢《うごめ》かせた。

すでに蕩《とろ》けている私の体は、わずかな快感も拾い上げるようになっていて、蜜口への愛撫に高い嬌声を上げてしまう。

「あぁっ、はぁ、あ、ん、感じる……あ、あ……っ」

とろとろと零《こぼ》れ落ちる愛蜜を、凌河さんは舐め尽くすように舌を蠢《うごめ》かせて啜《すす》り取る。

けれど快楽にずっぷり浸かった体は限りがなく、蜜液を滴《したた》らせた。

「たっぷり濡れてるね。それじゃあ、一番奥にキスしていいかな？」

自らの唇を舐めた淩河さんは凄絶《せいぜつ》な色香を放つ。

悦楽に溺れた私は夢中で彼にねだった。

「して……私の一番奥にキスして……」

そう言うと、体を起こした彼は先端を蜜口にあてがう。

少し蜜口を押されるこの感覚が、いつも最高の期待をもたらしてくれる。

彼と一つになれるという喜びと、極上の快楽への誘い。

クチュ……と亀頭が蜜口をくぐり抜ける音に、胸を弾ませる。

それから逞《たくま》しい腰を押し進められ、ずっぷりと剛直を呑み込まされていった。

ずぶ濡れの隘路《あいろ》を掻き分け、極太の楔が奥へ奥へと埋め込まれる。壮絶な快感が脳天を貫いて、きつく背をしならせた。

「あぁ……はぁ……すごい……」

ずくずくと押し込まれた肉棒の先端が、とんと最奥を突く。

「あっ……はぁ……ん」

「上手に俺のを呑み込めたね。全部、入ってるよ」

ずっぽりと、私の蜜壺に彼の雄芯が収められている。

愛しい男のもっとも大事な部分を胎内に抱えていることに、至上の喜びを感じる。

「ふ……嬉しい。淩河さんが、私の中にいる……」

体を倒した彼は、感極まった私の唇にキスを落とした。

「俺も、きみの中に入れて最高に幸せだ」

ぎゅっと、私を抱きしめた凌河さんの背に腕を回して、きつく抱き合う。媚肉は抽挿《ちゅうそう》を待ち望むように蠕動して、雄芯を締めつけてしまう。

彼は私に頬ずりすると、うかがいを立てた。

「そろそろ動いてもいいかな？」

「んっ、動いて……」

目を眇《すが》めた凌河さんが腰を引くと、ずるりと楔が引き抜かれる。

けれどすべては抜かず、壺口に亀頭を咥《くわ》えさせた。

大きな雁首でヌプヌプと壺口を愛撫すると、甘い快感が湧き上がる。

「あん、あっ……そこ、感じる……」

「ここがいい？」

ところが、そう訊《たず》ねた彼は、ずぶんと奥まで男根を挿し入れた。

今度は切っ先に最奥を穿《うが》たれて、鋭い悦楽に貫かれる。

ズンズンと、体が浮き上がるほどの激しい愉悦に突き上げられた。

「あはぁん、あん、あっ、あぅん、あっ……」

快楽を極めるきざはしを駆け上がりそうになるが、ずるりと雄芯は引き抜かれてしまう。

そしてまた蜜口に雁首を引っかけて、ジュプジュプと小刻みに出し挿《い》れされる。淫らな愛戯に翻弄された体は達しそうになり、腿《もも》を震わせた。

「ひぁん……あん、あぅん……」

ずぶりと、また最奥まで雄芯を突き入れられる。

子宮口を抉《えぐ》られて、濃密なキスにがくがくと腰が跳ね上がった。

そうして何度も、たっぷりと蜜口と最奥を舐《ねぶ》られて、極太の幹が愛路で抽挿《ちゅうそう》する。

ずっぷりと快楽の沼に浸かった私は半ば達していて、ぴくんぴくんと魚のように体を跳ねさせた。

「あぁ……はぁん……もう、イッてる……あぁん……」

「達してるきみは、とても可愛いよ。もっと啼いてごらん」

グッチュグチュと淫らな音色を響かせながら、激しい律動を送り込まれる。

蜜口から子宮口まで、濡れた媚肉を猛った楔がねっとりと舐め上げていった。

快楽に溺れた私は大きく脚を開いて、淫らな抽挿《ちゅうそう》を受け入れる。

「あっ、あっ、あん、凌河さん……」

「最高だ……極楽だよ」

切っ先が最奥を穿《うが》つと、掠《かす》れた喘ぎ声が止まらない。

「さやかの一番奥にキスしてるの、わかる？」

私は夢中で頷いた。

ぐりっと先端が子宮口を抉《えぐ》ると、体の奥から脳天まで快感が弾ける。

「わかる……当たってる……あ、あ……また、イッちゃう……」

「一緒にイこう。俺の名前を呼んで」

ぐっぐっと、立て続けに子宮口を熱い先端で穿《うが》たれる。極上の快感を得た体を、まっすぐの雄芯が貫いた。

「あ、あっ、あん、はぁ、凌河さん、いく、い……あ——……っ……」

「つく……」

きつく抱き合いながら、二人で忘我《ぼうが》の境へ飛翔する。

至上の悦楽を味わう体を、彼がしっかり抱き留めてくれる。爆ぜた雄芯から、たっぷりと子宮に彼の精が注ぎ込まれる。愛しい人の子種を呑み込めたことに恍惚として、淡い吐息が零《こぼ》れた。

ややあって、前髪を掻き分けられる手の感触に、私は瞬きをした。

すると、優しく目を細めた凌河さんが、私を見つめていた。

「好きだよ」

その一言が、じいんと胸に感激をもたらす。

「私も……好きです」

私たちはくちづけを交わして、また互いの肌を合わせた。

星々が夜明けに、その輝きを鎮めるまで。


——翌朝。

昨夜、たっぷりとベッドで睦み合った私たちは、インルームダイニングで朝食を済ませる。それから身支度を整えると、手をつないでホテルを出た。

クリスマス明けのベイサイドは爽やかな海風が吹いている。

晴れているので、港湾沿いの遊歩道を散策している人も多かった。

凌河さんは手をつないでいる私を、愛しげに見つめる。

「なんだかまだ帰りたくないな。散歩してから、お茶でもしようか」

「そうですね……」

濃密に愛し合った翌朝は少し気恥ずかしい。私は頷いたけれど、恥ずかしさでまともに凌河さんの顔が見られない。

そのとき、凌河さんのスマホが着信音を鳴らす。

スマホを取り出した彼は眉根を寄せた。

「会社からだ。――もしもし」

急ぎの用件らしい。休日出勤の社員が困ったことでもあったのだろうか。

音声が聞こえにくいらしく、凌河さんは「なんだって?」と相手に聞き返している。

彼は、『ここにいるように』と私に手でジェスチャーをして、遊歩道から離れた。階段を上って、公園のほうに入っていく。電話はすぐ終わるだろうか。

港湾を眺めてから、彼の行った方向を振り返ったとき、突然、どん、と体に衝撃を感じた。

「きゃ！」

チャリン……と小さな音が鳴る。

遊歩道を歩いていた男性の肩が私の耳元にぶつかり、真珠のイヤリングを落としてしまった。

凌河さんがプレゼントしてくれた大切なイヤリングなのに。踏みつけられでもしたら壊れてしまう。

私は慌てて手を伸ばし、イヤリングを拾おうとしたが、そこにどさりと紙袋が転がった。

どうやらぶつかった男性の手荷物が落ちたらしい。

「あーあ。拾ってくれよ」

男性は不機嫌そうな声を出して、落ちた荷物と屈《かが》んでいる私を眺めている。

ぶつかったのは私の責任でもあるので、男性が落とした紙袋をすぐに拾い上げた。

「すみませんでした。どうぞ」

紙袋を差し出すと、男性は私の顔を確認するように、じっくりと眺めた。そして「あっ」と叫び、驚いている。

その反応で私も気づき、息を呑んだ。

「鈴木さん……？」

なんと彼は、『あてのないドライブ』に私を連れ出し、嘘の住所を教えて音信不通になった鈴木さんだった。

……こんなところで会うなんて。

彼は呆然としている私から紙袋を受け取ると、突然切り出した。

「連絡先、教えてもらえる？」

「……は？」

数年ぶりに偶然再会した因縁のある相手に対しての第一声が、「さやかちゃんだよね？」や「久しぶり」などでなく、連絡先を教えろとはどういうことなのか。

確かに、あの頃からスマホの機種を変更しているので、連絡先が異なるのだけれど。

連絡を絶って音信不通になったのは鈴木さんのほうなのである。あのとき私は年賀状が戻ってきたのはどういうことなのか事情を知りたくて、何度も連絡したが、彼と話せることはなかった。

「鈴木さんですよね？　私に嘘の住所を教えたこと、覚えてますか？」

そう訊《たず》ねると、彼は気まずそうに目を逸らした。

「あー……どうだったかな。とりあえず連絡先を教えてよ。あとでゆっくり話そう」

立ち話で込み入ったことを話しにくいのもわかるが、一言くらい当時のことについて言及してくれてもよいのではないか。

ひたすら連絡先を教えろとしか言わない鈴木さんに不信感を覚えた。

もしかしたら彼は私の名前すら覚えていないのではないか。

そのとき、彼の背後に来た女性が、こちらを覗き込む。

「ヒロユキ、知り合いなの？」

「あっ、いや、違うんだ！」

女性は彼と親しい仲のようで、彼女の傍には三歳くらいの女の子がいる。

もしかして……女性は鈴木さんの奥さんで、女の子は彼らの子どもではないだろうか。

女性は眉をひそめて、私と鈴木さんを交互に見た。

「だってあなた、この人に連絡先を聞いてたじゃない。それに、鈴木ってどういうこと？　なんで違う苗字なの？　うちは——」

「うるさい！　おまえは黙ってろ！」

「なによ！　また浮気なの⁉　あなたったら結婚前からそうよね」

私の目の前で彼らは痴話喧嘩を始めてしまった。

どうやら、鈴木という苗字すら嘘だったようだ。私は本当の苗字も住所も教えてもらえる相手ではなかったようだ。

助手席に座っただけで、それ以上のことはなにもなかったのが幸いだった。こんな男に振り回されていたなんて、自分が情けなくなる。

「私の連絡先は、教えません」

私は、きっぱり言った。

そのとき、私の傍に屈《かが》んだ男性が、落ちていた真珠のイヤリングをすっと拾い上げた。凌河さんだ。

イヤリングを手にした凌河さんは、守るように私の肩を抱いた。そして彼らに対して低い声音で発する。

「失礼。彼女は私の婚約者ですが、なにかご用でしょうか？」

厳しい顔をした凌河さんに、言い争っていた彼らは黙り込む。

私の左手の薬指には、彼から贈られたダイヤモンドの婚約指輪が光っていた。

鈴木さん――と偽名を名乗っていた男性は、さっと背を向けると、その場から逃げ出した。奥さんが子どもの手を引いて、怒鳴りながらあとを追いかける。

私は過去のトラウマがいかにくだらないものか知った。彼のすべては偽りだった。助手席に乗せるなら、誰でもいいという男だったのだ。

つまらないドライブだった、と笑い飛ばせる程度のものだ。

それを私は、凌河さんと付き合って、彼と情を交わすうちに理解した。

私はトラウマを乗り越えたと、はっきり自覚する。過去を振り切って、今と未来を大切にしようという思いが胸に響いた。

凌河さんは心配そうな顔をして、私の肩を抱く手にいっそう力を込める。

「さやか。もしかして、今の男が、昔の……？」

「いいえ。鈴木さんなんて人はいませんし、昔のことなんてもう忘れました。私には、凌河さんがいるんですから」

凌河さんに笑いかけると、彼は安堵の笑みを見せた。

私には、凌河さんという大切な恋人がいる。それに凌河さんは堂々と彼らに、「私の婚約者」だと言ってくれた。

恋人未満なんていうあやふやな関係ではない。私たちは、結婚を約束した仲なのだ。

誇らしい思いが胸いっぱいに広がり、私は晴れやかな気持ちになった。

「よかった。きみは、俺だけのものだからね」

凌河さんは手にしていたイヤリングを、耳につけてくれた。

耳元の真珠は輝く光を放って、ふるりと揺れた。


プロポーズを受けてから、三か月後――

白を基調としたチャペルで、私と凌河さんは祭壇の前に立った。

今日は、私たちの結婚式が行《おこな》われる。

純白のウェディングドレスをまとい、ホワイトのキャスケードブーケを手にした私は、隣の凌河さんに微笑みかける。光沢のある薄いグレーを合わせた白のタキシードを着ている彼は、いつにも増して男前だ。

彼も私に、微笑みを返した。

「綺麗だよ。俺の花嫁」

「凌河さんも、すごく素敵ですよ」

凌河さんにプロポーズされてからは、とんとん拍子にことが運んだ。両家へ挨拶に行き、凌河さんの両親から好意的に迎えられて結婚を認めてもらえた。もちろん、私の両親も大賛成だった。

本日の結婚式には両家の両親と、姉と航太、そして友人や会社の同僚も呼んでいる。

こうして凌河さんという最高のパートナーを得て、みんなに祝福されるなんて、なんて幸せなんだろう。私の胸は幸福感でいっぱいになった。

かつての私は恋愛や結婚に絶望していたけれど、それは恋愛と結婚をしたくないということではなかった。ただ、自分の未来を諦めていたのだ。だから憧れないようにと、恋愛不信という名の枷をまとって、幸せを遠ざけていた。

その枷を外してくれたのは、凌河さんの愛情にほかならない。

彼と親密な関係になって、デートや同棲などを経なければ、私は結婚というひとまずのゴールまで辿り着けなかった。

感慨深い思いで牧師の前に並び立ち、永遠の愛を誓う。

「新郎、久我凌河。あなたは吉岡さやかを妻とし、健やかなるときも、病めるときも、妻を愛し、ともに助け合い、その命ある限り真心を尽くすことを誓いますか？」

「誓います」

凌河さんの力強い声がチャペルに響く。

続いて牧師は私に訊ねた。

「新婦、吉岡さやか。あなたは久我凌河を夫とし、健やかなるときも、病めるときも、夫を愛し、ともに助け合い、その命ある限り真心を尽くすことを誓いますか？」

「誓います」

じん、と胸が感激に満ちる。

今日から私と凌河さんは、夫婦という新たな関係になった。

すでに同棲しているので、生活はあまり変わらないかもしれないけれど、私の旦那様を大切にして今後も穏やかに暮らしていこうと、心に誓う。

式は指輪の交換に進み、祭壇には朱のケースに収められた二つのプラチナリングが登場した。これは二人で宝飾店へ行って選んだ結婚指輪だ。

凌河さんが、小さいほうのリングを手にしたので、すっと私は左手を差し出した。

白金の結婚指輪が、私の左手の薬指に嵌められる。

次に、大きなほうのリングを摘《つ》まんだ私が、左手を差し出している凌河さんの手をそっと取った。

彼に指輪を嵌めてあげる行為は、これが初めてになる。

夫婦が共同で行《おこな》う交換という儀式に、緊張とともに感激が込み上げた。

同時に、彼と一緒にした様々な事柄が脳裏に浮かぶ。ともに料理をして、何度も二人で食事をしたこと。デートしておそろいのイルカのキーホルダーをお土産にもらったこと。引っ越しをしたときのこと。

それに何度もベッドで愛し合った。

その愛は、ついに実を結んだ。

指輪の交換を終えると、牧師が「それでは誓いのくちづけを」と口にする。

向き合った私たちは、神聖なくちづけを交わした。そっと唇を離した凌河さんは、真摯な双眸《そうぼう》で私を見つめる。

「愛してるよ」

「私も……愛してます」

そして私はブーケを右手に持ち、結婚指輪をはめた左手で、お腹に手をやった。

「……それと、ご報告があります。私たちの、赤ちゃんを、授かりました」

瞠目《どうもく》した彼は、きつく私を抱きしめた。

「そうか。できたか！」

凌河さんの歓喜の声に、私は安堵する。

彼は父親になることを、喜んでくれるのだ。

そして私は、お腹の子の母親になる。

私たちに新たな家族ができたことを祝福するように、鐘が鳴り響いた。

エピローグ　幸せな結婚生活

私たちが結婚式を挙げて入籍してから、三年の月日が経過した。

甥の航太は六歳になって、現在は小学一年生だ。

そして、結婚式のときに懐妊を知らせた私たちの娘、ひまりは二歳になった。さらにそのあとも妊娠した私は赤ちゃんを産んで、息子の大地は三か月になった。

庭木が綺麗に植えられ、芝生の張られた庭は今日も子どもたちの声で賑やかだ。

姉が仕事のときは、休日にこうして航太を預かっているのだが、すっかりお兄ちゃんになった彼は、よくひまりと遊んでくれるのだ。

「ひまり、ジョウロを貸して。ぼくが水を入れてあげる」

「や！　ひま、やるの」

「でも、前みたいに服がびしょびしょになっちゃうぞ。ひまりのお母さんは赤ちゃんを抱っこしてるから、着替えさせるの大変だろ」

ジョウロを持ったひまりは、唇を尖らせて私のほうを見た。大地はようやく首が据わったくらいなので、まだ手が離せない。いつも大地を抱っこしているので、ひまりはママが恋しくてわがままになっている年頃だ。

私はリビングのソファから庭の様子を眺めている。どうするのかな、と手を出さずに子どもたちを見守った。

すると、自立式のハンモックに優雅に体を横たえていた凌河さんは、子どもたちに声をかける。

「じゃあ、パパが水を出してあげるから、二人でジョウロを持ったらどうだ？　それなら、ひまりもいいだろ」

「いいよ。パパやって」

納得したひまりは、ジョウロを航太に差し出す。二人でジョウロを持って、庭の端にある蛇口の傍に行った。

体を起こした凌河さんは、ハンモックから下りる。

小さな二人の傍に屈《かが》んで蛇口を捻っていたが、どうやら水の出が悪いらしい。

「あれ？　出ないな。……ああ、出た」

その瞬間、大量の水が撒き散らされる。

子どもたちの絶叫が響き渡った。

「わあーん！　パパわるいの！」

「びしょびしょだよ！　なんで？」

ジョウロを放り出した子どもたちがリビングに向かって駆けてくる。

彼らがサンダルを脱ぐ前に、私は慌てて止めた。

「ちょっと待ちなさい！　そのままで家の中に入らないで、タオルで足を拭いて、その前に服を脱ぎなさーい！」

いつものことだが大騒ぎである。

蛇口を閉めた凌河さんは、頭を掻いてこちらにやってきた。

「すまない。ちょっと蛇口の調子が……」

「パパ！　ひまりを抱っこして！　リビングが濡れちゃう」

私は片手に大地を抱っこしたまま、キャビネットから数枚のタオルを取り出した。それを子どもたちと夫にそれぞれ渡す。

凌河さんはひまりを軽々と抱き上げて、娘をタオルで拭いた。航太はすでにTシャツとハーフパンツを脱いで、パンツ一枚になっていた。

「よし、みんなでシャワーを浴びるぞ。航太、濡れた服は洗濯機に放り込むんだ」

「わかってるよ」

きちんとタオルで足を拭いた航太は、自分の服をまとめて抱えてリビングに上がった。

小さいときからそうだけれど、航太はとてもお利口さんだ。

口角を上げた私だったが、彼らがシャワーへ向かった足跡や垂れた雫がフローリングについているのを見て溜息をつく。

私は大地をベビーベッドに寝かせて、おむつの状態を確認してから、オルゴールメリーを回した。

「ママはちょっとお掃除するからね。すぐ傍にいるから安心してね」

まだお話しのできない大地はそれでも「あうー」と言うと、オルゴールメリーの回転するおもちゃを凝視した。とはいえ、このおもちゃが通用するのもわずかな時間である。

私は急いでフローリングの濡れた箇所を拭くと、みんなの着替えを用意する。バスタオルは脱衣所のキャビネットに入っているので、凌河さんが子どもたちに出してくれるはずだ。

ところが、ひまりのパンツとワンピースを取り出したところで、バスタオルにくるまった航太が走って戻ってきた。

「はい、走らなーい！」

「さやかおばさん。ぼくの着替えどこ？」

「……航太のはそっちのキャビネットに入ってるわよ」

航太はバスタオルを落とすと、全裸でキャビネットを探り、自分でパンツを穿《は》いて着替えをする。汚すことも多々あるので、航太の着替えも常備している。

それにしても、もうちょっと小さな頃は「やかちゃん」と可愛い声で呼んでくれたものだけれど、すっかりお兄ちゃんになったなぁと感慨深い。

小学生の航太は私が叔母ということをわかっている。着替えも宿題も一人でできるし、子どもの成長はあっという間だ。

続いてパンツだけ穿《は》いてリビングに顔を出した凌河さんが、私からひまりの着替えを受け取って、新しい服を着せた。

凌河さんが子育てを手伝ってくれるので、とても助かっている。

「はい、できたぞ」

自らの服を見下ろしたひまりは、スカートを摘《つ》まんだ。

「このおようふく、いや」

私は頬を引きつらせる。女の子はおしゃまなせいか、わずか二歳にして服の好みがある。お気に入りのワンピースばかり着せるわけにもいかないので、部屋着くらいはどんなデザインでも着てほしい。

そのとき航太が「ひまり、遊ぼう」と庭から呼んだ。

一目散に向かったひまりは一瞬にして服のことを忘れてくれたようだが、放り出されたジョウロを手にしている。まったく懲りてない。

「やれやれ。今日の洗濯物も山盛りになりそうだな」

「……ふう、忙しい。あなたと付き合って同棲して、プロポーズされて結婚して妊娠……あっという間で、騙された気分だわ」

結婚してからも男ぶりのよい凌河さんは、艶《つや》めいた笑みを見せた。

彼は私の肩を優しく引き寄せる。

「そう。きみは甘い罠に嵌められた仔羊だよ。でも、子どもをくださいと言われたときは本当に驚いたな。あれだけは想定外だった」

「ふうん。罠をしかけたのは、お互いさま……かしらね」

「そうだね。心地いい、甘い恋の罠だ」

ちゅ、と唇にキスをされる。

私が笑うと、また彼からのキスが降ってきた。
庭先で子どもたちが歓声を上げるそばで、私たちは何度もくちづけを交わした。
キスはもちろん、ハニーレモネードの味がした。

〜大人のための恋愛小説レーベル〜

ETERNITY エタニティブックス

ETERNITY Rouge エタニティブックス

エタニティブックス・赤

肉食旦那様の執着愛！
ヤンデレエリートの執愛婚で懐妊させられます

沖田弥子《おきたやこ》

装丁イラスト／御子柴トミィ

職場の後輩に恋人を略奪された澪《みお》は、同僚の天王寺《てんのうじ》明夜《めいや》に慰められた流れで、彼と一夜を過ごしてしまった。しかも翌朝、婚姻届を渡され結婚を迫られ、澪はそれにサインしてしまって――!? 突如始まった新婚生活。明夜は澪の心と身体を幸せで満たしてくれていたが、徐々に明夜のヤンデレな一面が見えてきて――執着強めな旦那様との極上溺愛ラブストーリー！

※エタニティブックスは大人の女性のための恋愛小説レーベルです。ロゴマークの色で性描写の有無を判断することができます（赤・一定以上の性描写あり、ロゼ・性描写あり、白・性描写なし）。

詳しくは公式サイトにてご確認ください。
https://eternity.alphapolis.co.jp/

携帯サイトはこちらから！

〜大人のための恋愛小説レーベル〜

ETERNITY
エタニティブックス

限度を知らない極甘溺愛！
ドS社長の過保護な執愛

ETERNITY Rouge

エタニティブックス・赤

本郷《ほんごう》アキ

装丁イラスト／南国ばなな

建築家の槌谷明司《つちやあかし》に憧れて、彼のもとで設計士として働く二十八歳の紗絵《さえ》。しかし尊敬してやまない憧れの人は——仕事に厳しいドS鬼上司だった！　彼と働ける幸せを喜んだのも束の間、あまりのドSっぷりに、紗絵の愚痴と残業は増えるばかり。ところがひょんなことから、紗絵に対する明司の態度が激変して……!?　反則レベルのイケメン様の、限度を知らない極甘ド執着ラブ!!

※エタニティブックスは大人の女性のための恋愛小説レーベルです。ロゴマークの色で性描写の有無を判断することができます（赤・一定以上の性描写あり、ロゼ・性描写あり、白・性描写なし）。

詳しくは公式サイトにてご確認ください。
https://eternity.alphapolis.co.jp/

携帯サイトはこちらから！

この作品に対する皆様のご意見・ご感想をお待ちしております。

おハガキ・お手紙は以下の宛先にお送りください。

【宛先】

〒150-6008 東京都渋谷区恵比寿 4-20-3 恵比寿ｶﾞｰﾃﾞﾝﾌﾟﾚｲｽﾀﾜｰ 8F
（株）アルファポリス　書籍感想係

メールフォームでのご意見・ご感想は右のＱＲコードから、
あるいは以下のワードで検索をかけてください。

アルファポリス　書籍の感想　検索

ご感想はこちらから

肉食《にくしょく》御曹司《おんぞうし》の独占愛《どくせんあい》で極甘懐妊《ごくあまかいにん》しそうです

沖田弥子（おきた やこ）

2023年4月 25日初版発行

編集－山田伊亮
編集長－倉持真理
発行者－梶本雄介
発行所－株式会社アルファポリス
〒150-6008 東京都渋谷区恵比寿4-20-3 恵比寿ｶﾞｰﾃﾞﾝﾌﾟﾚｲｽﾀﾜｰ8F
TEL 03-6277-1601（営業）　03-6277-1602（編集）
URL https://www.alphapolis.co.jp/
発売元－株式会社星雲社（共同出版社・流通責任出版社）
〒112-0005 東京都文京区水道1-3-30
TEL 03-3868-3275
装丁イラスト－れの子
装丁デザイン－AFTERGLOW
（レーベルフォーマットデザイン—ansyyqdesign）
印刷－中央精版印刷株式会社

価格はカバーに表示されてあります。

落丁乱丁の場合はアルファポリスまでご連絡ください。

送料は小社負担でお取り替えします。


ISBN978-4-434-31910-5　C0093